느낌표,
그리고
마침표

나남
nanam

권 인 옥

깐깐한 독서와 세상 톺아보기 대신 헐거운 책 읽기와 성긴 세상 엿보기로
또 한 편의 책을 내다. 이걸 보면 부끄러움도 분명 면역이 되나 보다. 2009
년 에세이 《비늘》 출간 이후 상처로 인해 너덜거리며 떨어져 나간 비늘 조
각들을 보면서 침묵과 주저와 흔들림 속에서 부끄러워하다가 길 위에 놓인
내 삶의 문장부호를 주워 들다. 내 삶의 문장에서 마침표를 찍기 전에 수없
이 많은 물음표를 던지며 앞으로 더 많은 쉼표와 느낌표를 만들기 위해 오
늘도 무던히 애쓰고 있다.

나남산문선 · 78

느낌표, 그리고 마침표

2013년 1월 5일 발행
2013년 11월 15일 2쇄

저자 • 權仁玉
사진 • 金承顯
발행자 • 趙相浩
발행처 • (주) 나남
주소 • 413-120 경기도 파주시 회동길 193
전화 • 031) 955-4601(代)
FAX • 031) 955-4555
등록 • 제 1-71호(1979. 5. 12)
홈페이지 • www.nanam.net
전자우편 • post@nanam.net

ISBN 978-89-300-0878-5
ISBN 978-89-300-0859-4(세트)
책값은 뒤표지에 있습니다.

권인옥 에세이

느낌표,
그리고
마침표

사진 · 김승현

나남
nanam

어렵고 힘든 결정을 얼마 전에 내렸다.

오랫동안 고민하고 생각한 끝에 내린 결정이었는데도 막상 결정하고 나니 그것이 최선이었나 하는 의문과 후회가 밀려온다. 지금까지 옆도 뒤도 돌아보지 않고 거의 쉬지 않고 달려오면서 항상 쫓기는 기분이었다. 해야 하는 중요한 일을 제대로 해내지 못해 눈치가 보였고 마음이 쓰였다. 그 당시 최선이라고 믿었던 일은 나중에 보면 언제나 더 나은 선택이 있었고 그에 못 미쳤던 자신이 미웠다. 그런데 이제 또 하나의 터널을 지나오면서 내 삶을 엮고 있는 삶이라는 문장을 바라본다.

삶이라는 문장에는 마침표, 쉼표, 느낌표도 있고 물음표도 있고 때로는 생략표도 있다. 일단 문장이 시작하면 그 문장이 끝날 때에는 반드시 마침표를 찍어야 한다. 그런데 아직 문장이 끝나지 않아 마침표를 찍을 때는 아니지만 호흡이 길어 쉬어갈 때가 된 것 같다. 그래서 지금이 내겐 쉼표로 생각된다. 잠시 쉼표를 찍고 한 호흡을 내쉰 다음 마침표를 찍기 전에 느낌표를 많이 만들려고 한다. 새로운 일에는 물음표를 던지고 사소하고 익숙해 보이는 일이지만 내게 주어진 일에는 느낌표를 많이 만들고 싶다. 퇴고할 수도 없고 다시 지우고 쓸 수도 없는 나의 삶이란 문장에서 문장부호만은 내가 정하고 맞게 쓰고 싶다. 그러기 위해 노력하려고 한다.

부족하고 서툰 글이지만 내가 걸어가고 있는 이 길에서 다시 한 번 쉼표 찍는 마음을 책으로 엮어낸다. 재미있고 감동이 있는 글 사이에 쉼표를 찍고 싶었지만 메마르고 뻑뻑한 문장과 말없음표만 가득해서 내게는 아쉽고 남에게 보이기는 부끄럽다. 하지만 다만 몇 줄이라도 읽는 이에게 자기 삶에서의 쉼표를 돌이켜 보는 데 조금이라도 위로나 보탬이 되었으면 하는 마음 간절할 따름이다.

정갈하고 튼튼한 무명조각 같은 글을 쓰고 싶었지만 거칠고 투박한 삼베조각 같은 글밖에 되지 않는데도 불구하고 또 한 편의 책으로 엮게 해주신 나남 조상호 사장과 방순영 편집장 이하 편집진에게 감사드린다. 그리고 무엇보다 늘 곁에서 지켜주고 사랑해주는 가족에게 고마운 마음 전하고 싶다.

2012년 12월
권 인 옥

느낌표,
그리고
마침표

차 례

9

1부

영화에서의 느낌표

숨을 불어 넣는 일이 마음을 만든다

영화 〈공기인형〉

인간보다 더 인간적인 인형인 배두나 주연의 〈공기인형〉을 보고 참으로 쓸쓸함을 느꼈다. 인형이란 원래 사랑과 관심을 주고픈 대상이며 인간이 원하는 순간, 원하는 공간에 가지고 있을 수 있으며 필요 없다고 여길 때 버릴 수 있는 것이다. 여기에 여성으로서의 성적인 역할까지 수행할 수 있는 인형이 바로 공기인형이다.

　주인공 히데오(히타오 이츠지)는 연인과 헤어지고 나서 인간과 인간 사이의 얽힘으로부터 벗어나고 싶어 마음을 가지지 않은 공기인형을 사서 함께 살아간다. 상대가 마음을 가져 관계를 계속하기 위해서는 상대의 슬픔과 기쁨과 고통에 대해서도 공감을 나눌 수 있어야 한다. 그러지 못할 때는 헤어져야 하고 그 후유증을 겪어야 하기 때문에 인간관계가 귀찮고 거북스러워 히데오는 자신이 일방적으로 원할 때 원하는 방식으로 사랑을 나누고 이야기할

수 있는 대상이 필요했던 것이다. 서로의 교감이 상충될 때 헤어짐이라는 고통스러운 과정을 거치지 않아도 되기에 부담스럽지 않아서 사람 대신 인형이라는 사물을 택한 히데오의 삶의 방식을 보여준다.

　그런데 이는 비단 히데오에 한한 것이 아니라 영화 속에 등장하는 다른 인물들, 공원에서 우리네 삶이 날파리의 것과 다름없다고 호소하는 할아버지, 늙음이 무서워 시간을 거슬러 보려고 애쓰는 여성, 고향에서 보내주는 사과에 묻혀 그 밖으로 뛰쳐나오려는 또 다른 여성, 어린 아이를 홀로 데리고 살아가는 남성 등을 통해 진정으로 인간과의 관계를 원하지만 인간관계에서 필수적으로 겪어야 하는 아픔이나 상처가 두려워 오히려 가까이 가지 못하고 그 대용품을 찾거나 포기하는 군상들 모두에게 해당됨을 보여준다.

공기인형인 노조미(배두나)는 어느 순간 마음을 가지게 된다. 히데오가 출근하고 나면 시내를 돌아다니기도 하고 사람들을 만나기도 하면서 사람처럼 사는 방식을 배우고는 그가 퇴근하기 전에 집에 돌아와 다시 공기인형으로 살아간다. 그러면서 낮에는 비디오 가게에서 아르바이트를 하다가 준이치(아라타)를 만나 비로소 사람의 마음을 알아가기 시작한다. 물론 이러한 과정을 환상적으로 터치했기 때문에 어떻게 공기인형이 취직이 되며 준이치는 노조미가 인형이라는 사실을 모를 수 있나 하는 문제를 제기하는 것은 의미가 없다. 비디오를 정리하다가 사다리에서 넘어지며 팔에 상처가 나 공기가 빠지게 되면서 노조미의 정체가 드러나게 되지만 준이치는 공기를 불어넣어 주고 예전과 다름없이 노조미를 대한다. 같이 바다도 보고 공원에도 가고 오토바이도 타면서 차차 마음의 문을 열어가고 그 문이 열려감에 따라 노조미는 기쁨과 설렘과 마음이 아리는 경험까지 하게 된다.

이와 비슷한 접근은 이미 여러 번 있었다. 로봇에게 감정이 생김으로써 인간세계에 편입하고자 하는 갈등이 야기되고 그를 저지하고자 하는 인간과의 힘겨루기는 다른 소설에서나 영화에서도 다루어졌다. 그런데 이 영화에서는 인간을 대신하고자 하는 사물인 인형이 마음을 가지게 되면서 인간을 넘어서고자 하기보다 인간만이 가지는 허무와 상처 그리고 아픔이 얼마나 간절한 것인지 그리고 또 얼마나 인간을 인간답게 만드는 것인지 역으로 보여준다. 준이치가 얼굴이 빨갛게 되도록 노조미의 배에 열심히 숨을 불어넣어 주는 바로 그 장면에서, 다른 대상에게 숨을 불어넣어 주는 것은 사랑하는 진심만이 가능하다는 것을 여실하게 볼 수 있다. 우리 곁에 있는 많은 사람들은 의미 없는 관계에 놓여 공기가 빠져나간 물체로 있다가 내가 비로소 진심을 담은 숨을 불어넣는 순간 생명을 지닌 실체로 다가온다는 사실을 상징적으로 처리한 것으로 읽힌다. 우리 모두는 말하고 웃고 움직이고는 있지만 나와 마음을 주고받는 사이가 아니면 서로에게 있어서 공기인형에 불과하다. 내가 필요할 때 가까이 손닿는 곳에 두고 사용하고 필요 없으면 아무런 가책 없이 쓰레기통에 버리면 그만인 대상이다. 서로 마음을 여는 사이가 아니면 필요할 때 사용하고 필요 없으면 버려도 좋은 대용품일 뿐이다. 그 공기인형에게 숨을 불어넣는 것은 우연히 마음이 생겨버린 공기인형에게 달려 있는 것이 아니라 그 공기인형을 바라보는 나에게 달려 있는 것이다. 현대 사회의 외로운 인간관계를 한걸음 떨어져서 때로는 환상적으로 때로는 눈물 고인 눈으로 바라본 영화이다.

공기인형이 성욕해소 대용품이라는 점, 그런 세계를 다룬 점 때문에 청소년 관람불가 판정을 받았지만 사실은 무척 슬프고도 생각할 거리를 던져주는 영화이다. 결코 야하지도 섹시하지도 않지만 배두나의 열연은 높이 사고 싶다. 맹한 것 같기도 하면서 꿈꾸는 듯한 표정과 날아갈 듯한 몸의 움직임은 마치 인형에서 사람으로 변한 듯한 느낌을 제대로 잘 전달해 준다. 마지막에 짧게 나오는 오다기리 조를 보는 즐거움은 특별한 선물이다. 많은 장면에 나오는 것과 영화를 보고난 뒤에 깊은 인상을 남기는 것은 다소 별개라는 사실을 오다기리 조는 증명한다. 인형에 표정을 살리는 일을 하는 그가 노조미에게, "거의 비슷하게 만들어지지만 돌아오는 인형의 표정이 다 다른 것을 보면 각자가 마음이 있는 것은 아닐까" 하고 던지는 말에서 마음이란 도대체 무엇인가 하는 화두도 건져 올릴 수 있고.

그을린 사랑 속에 숨은 모정

영화 〈그을린 사랑〉

무차별적인 폭격과 난사하는 총기, 시커멓게 하늘을 날아오르는 연기, 피투성이의 환자가 뒹구는 참혹한 전쟁터의 모습은 화면에 거의 없었다. 그럼에도 불구하고 전쟁의 상처는 그 어떤 영화에서보다 더 깊고 쓰라리고 비참하다. 느린 속도로 인물 따라가기와 롱테이크 샷으로 잡아낸 화면구성 그리고 간간이 클로즈업되는 등장인물의 무표정해 보이는 눈동자 …. 액션이 난무하고 음모와 배신으로 점철된 볼거리를 지닌 전쟁영화보다 오히려 전쟁이 할퀴고 간 상처의 쓰라림을 훨씬 더 담담하고 밀도 있게 보여준다. 바로 드니 빌뇌브 감독의 〈그을린 사랑〉이다.

　남성의 시각으로 전쟁을 따라간 것이 아니라 여성의 시각으로 전쟁에 밟히고 짓이겨지지만 쓰러지지 않고 자기를 스쳐간 모든 것을 껴안는 내용이다. 여주인공인 엄마 나왈이 죽은 뒤, 쌍둥이

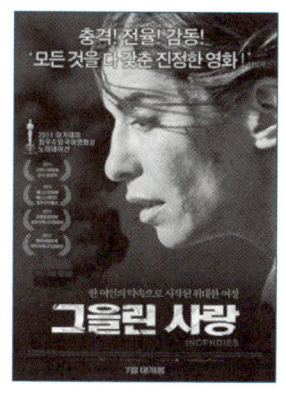

딸과 아들이 공증인에게서 아버지와 형을 찾으라는 엄마의 편지를 받는 것으로 시작하여 마침내 찾은 그 인물이 편지를 읽는 것으로 막을 내린다. 전쟁은 인간으로부터 모든 것을 다 빼앗는다. 가정과 조국과 이념까지. 그러나 모든 것을 다 짓밟고 까뭉개버리지만 자식을 향한 모정만은 어떠한 상황에서도 파괴하지 못한다.

쌍둥이 남매인 잔느와 시몽이 엄마의 편지를 따라 만나야 하는 진실은 충격적이다. 차라리 몰랐더라면 더 나았을 것 같은 진실인데도 불구하고 나왈이 자식들에게 전하고자 하는 메시지는 이념의 허망함, 용서할 수 없는 전쟁의 참상과 그래도 껴안을 수밖에 없는 인간의 본성이 아니었을까. 외상은 흔적을 남기지만 치료가 가능한 반면, 내상은 흔적이 겉으로 보이지 않지만 복잡하고 깊어서 치유하는 데 오랜 시간과 정성이 걸린다는 사실을 나왈을 통해 보여준다. 진실로 가는 길은 험난하고 아픔을 동반하지만 그나마 여자였기에 화해와 용서 그리고 포용이 가능했던 것이라고 생각한다.

어떠한 고난이라도 인내하고 포용하고 용서할 수 있는 여성성(모성)은 괴물 같은 전쟁을 없애는 데 가장 필요한 요소일 것이다. 다소 극적인 서사구조를 보여주는 영화이지만 이러한 보편적인 인간의 모습에 초점을 맞추어 조명하기에, 보는 사람의 공감을 형성할 수 있을 것이다.

현실보다 더 무서운 영화

영화 〈돼지의 왕〉

한마디로 너무 무섭다. 현실보다 더 현실적이라서.

　대구에서의 중학생 자살사건 뒤에 숨은 이야기는 영화에서 부담스러웠던 것보다 더 심할지도 모른다는 생각이 든다.

　현실에서 기득권자이며 권력의 맛을 아는 개들과 그들에게 대적하지 못하며 굴종할 수밖에 없는 돼지들의 권력 관계를 만화의 옷을 입혀 리얼하게 그려낸 영화이다.

　경제력과 권력, 물리적인 힘, 부와 명예 등을 가진 자는 세트로 모든 것을 갖기 쉽고, 많이 배우지도 못하고 가진 것도 없고 따라서 힘도 없는 사람들은 어느 하나도 갖춘 것이 없어 절대적인 열세에 놓이게 되므로 이것을 만회하기란 거의 불가능에 가까운 현실은 비단 어른세계에서만 있는 것이 아니라 중학교 교실에서도 이미 시작되고 있다는 것을 여실히 보여준다. 또한 그런 권력

투쟁이 조그만 학교사회에서의 사춘기적 일회성에 그치지 않고 성인이 된 어른세계에까지 이어지며 더 극대화되는 비극을 우화로 표현해서 사실보다 어떤 면에서는 부드럽게 어떤 면에서는 더 강렬하게 전달되는 느낌을 받을 수 있었다.

여린 경민과 그의 친구 종석은 힘과 권력을 다 갖춘 일당으로부터 시달리지만 대적할 만한 힘도 없고 공부를 잘하는 것도 아니어서 선생님에게도 인정도 받지 못한다. 반면 이들을 괴롭히는 일당은 공부도 잘하고 집안도 좋을 뿐 아니라 학교로부터 인정도 받는 그룹이어서 이들이 약자에게 괴롭힘을 주는 문제아들임은 학교 측에서는 눈치 채지 못한다. 아니 눈치 채고도 일을 만들기 싫어서 모른 체하고 있는지도 모른다. 이들에게 일방적으로 괴롭힘을 당하는 꼴을 보다 못해 철이가 경민과 종석을 구하고자 나선

다. 경민과 종석은 힘에는 악마 같은 힘으로 대적해야 한다는 철이의 논리에 이끌려 철이를 자기네 대장으로 삼는다.

　오랜 세월이 지나 성인이 된 경민은 부도가 나 사채업자에게 시달리는 막다른 골목에서 끝장내자는 심정으로 아내까지 죽이고 어렸을 때의 친구인 종석을 찾아내 그 시절의 진실과 부딪치고자 한다. 유명인사의 대필작가가 된 종석은 갑갑한 현실 속에서 헤매고 있던 차 찾아온 경민과 이야기를 풀어나가며 그 시절 자기들의 대장, 즉 돼지의 왕이었던 철이의 마지막 장면에 숨은 진실과 만난다. 현실에서 힘을 갖고 있으며 소속집단으로부터 인정을 받던 그 시절의 일당들, 즉 개들에게 용감하게 맞서던 철이가 옥상에서 자살시도를 한다. 이를 통해 세상에 돼지들의 억울함과 고통을 알리려고 했던 계획을 막상 실행하려고 하니 두려움이 앞서 철이는 계획을 바꿔서 살아남으려 한다. 그렇게 철이의 마음이 변해가는 것을 종석은 알아챈다. 종석은 자기들의 왕이었던 철이가 그들에게 맞서고 경종을 울리려는 계획을 감행하기 전 두려움을 보이는 것이 무서웠을 것이다. 한편으로는 환멸도 느꼈을 것이다. 그리하여 종석은 뒤에서 철이를 밀어버리고 만다. 그리하여 철이의 죽음은 타살이지만 진실은 묻히고 자살로 처리된다.

　모든 학생들이 모인 운동장에 서 있었던 경민은 옥상에 있던 철이와 종석의 모습을 얼핏 보았다. 그때 경민에게는 그 광경이 이해하지 못할 숙제였으며 모든 것을 끝내기 전 그것을 풀고 싶었던 것이다. 가해자가 어떻게 되었는지는 아무도 모른다. 다만 피해자만 남아 서로의 상처를 건드리는 현실을 너무나 적나라하게 보여준다.

무섭다. 그것이 극단적인 사건을 보여주는 영화에 그치는 것이 아니라는 사실이 더 무섭다. 현실을 효과적으로 극대화하기 위해 극적으로 설정하는 것이 영화에서 일반적인데 영화보다 더 극적인 사건이 일어나는 현실 속에서 우리가 살아가고 있음이 무섭다. 이런 현실을 어떻게 바꾸어 나가야 하나 하는 것이 우리 사회의 숙제이다.

자신과의 화해가 우선이다

다큐멘터리 영화 〈멘탈〉

일본 오카야마 시에 있는 코랄 오카야마 진료소에서 3일간 정신
질환을 앓고 있는 환자들을 인터뷰한 다큐멘터리 영화이다. 정신
질환을 앓고 있는 사람들을 어떻게 대해야 한다든지 어떻게 치료
해야 한다고 소리 높여 외치지 않는다. 다만 담담하고 조용하게
현재 있는 그대로의 모습을 따라 카메라가 움직인다. 의사선생인
야마모토가 특별한 치료책을 쓰는 것도 아니고 소리 높여 현실을
고발하지도 않는다. 괴기스런 환자를 특별히 골라 관객에게 공포
나 연민을 불러일으키지도 않는다. 다만 조금씩 다른 사람들의
모습을 있는 그대로 조명할 뿐이다.

　이 영화를 보고 있으면 로버트 존슨의 《당신의 그림자가 울고
있다》에서 "그림자는 마음의 어두운 반려, 우리 안의 대지다. 괴
로울 때 우리는 제 그림자에 얼굴을 묻고 운다. 우리가 울면 그림

30

자의 슬픔이 그치고, 그림자가 울면 자아를 잠식한 슬픔의 부피가 준다. 자기라고 하는 것 속에 자아와 그 그림자는 태극의 형상으로 서로를 품는다. 자아는 진짜 본연의 자기가 아니라 의식적으로 생각하는 자신이자, 자기가 누구라고 인식하고 있는 자신이다. 이에 반해 그림자는 우리 자신의 일부분이지만 우리가 보려 하지 않거나 이해하는 데 실패한 부분이다"라고 쓴 구절이 생각난다.

   사회가 복잡해질수록 그 복잡한 그물망 속에서 제대로 자리를 잡지 못한 사람들이 생겨날 수밖에 없다. 사회의 규칙과 규범을 매끄럽게 수용하지 못하는 사람들이 불편을 겪을 수밖에 없게 되고, 흔히 이러한 사람들을 미성숙한 사람이라고 규정짓게 된다. 사람은 누구나 외면으로 보이는 빛과 그 내면에 숨어 있는 그림자를 동시에 갖고 있는데 사회가 복잡해질수록 그 둘 사이의 균형을 잡기가 더 어려워지고 그 균형이 어긋난 사람들을 흔히 정신질환자로 규정짓기 쉽다.

인터뷰를 한 환자들은, 스스로를 상대방에게 커튼을 치고 있는 사람들이라고 한다. 외부 사람에게 또는 자신에게. 그 '커튼'을 다른 말로 하면 편견이라고 풀이한다. 로버트 존슨의 말을 빌리면 자신의 그림자가 조금 더 어두운 사람이라고나 할까? 완벽하게 건강한 사람은 없으니까 다만 조금 다른 부분이 아픈 사람이라고 자신을 생각한다는 말을 들으면서 어떤 의사의 말보다 더 절절하고 맞는 말이라는 생각을 하게 된다. 자기는 자기가 할 수 있는 일을 하면 된다고 생각한다고. 우리 모두가 자기 그림자를 얼마나 이해하고 잘 다루어야 하는지 또 그것이 얼마나 중요한지를 일깨워주는 대사이다.

또 하나 짚고 넘어가야 할 대사 하나. "루트 9는 +3과 -3 둘 다 정답이다." 그런데 우리는 걸핏하면 하나만 정답이라 여긴다. 환자들 스스로가 이렇게 때로는 정확하게 자신을 알면서도 상황에 맞지 않게 말하고 행동하는 스스로를 제어하지 못하는 것 때문에 괴로워하고 힘들어 한다. 그런 환자들을 돌보는 코랄 오카야마 진료소의 일상은 야마모토 선생이나 직원들 모두 지시나 훈련을 위주로 하기보다 뭐든지 그들이 말하고 싶어하는 것을 말하게 해주고 들어준다. 그들이 자신의 그림자를 드러내게 해주고 스스로 그 그림자를 바라보게 하는 것이 주 임무이다. 물론 그렇다고 해서 치료가 빠르거나 다른 병원에서보다 더 낫다고 언급하지도 않는다. 다만 대안학교처럼 대안병원의 일상을 있는 그대로 보여줄 뿐이다. 그러나 영화를 통해서 느낄 수 있는 것은 환자 자신들이 스스로 자신의 그림자를 바라보면서 그림자를 인정하게 하는 것, 그리고 그 그림자가 다른 사람들의 그림자와는 다소 다르다는 것을 알게 해준다는 점에서 의의가 있다고 생각한다.

아무도 다행스럽게 병이 나았다거나 좋아졌다고 하는 장면도 없고 마지막 장면에 나오는 남자 역시 어디론가 전화를 계속 하더니 해결하지 못하고 오토바이를 타고 사라진다. 물론 다큐멘터리이기도 하지만 아무도 더 나은 방향으로 해결되지 않은 마지막 장면은 상당히 마음을 무겁게 한다. 특히 영화가 끝나고 세상을 등진 이들의 사진이 흘러나올 때는 자리에서 일어서기가 힘들다. 그럼에도 불구하고 자신이 왜 병원에 오게 됐는지 현재 자신의 상황이 어떤지 다른 사람에게 이야기할 수 있는 것 자체가, 가끔씩 병원 벽에 걸려 대롱거리는 마른 나뭇잎 하나처럼 그래도 희망을 가져야 한다는 상징으로 읽힌다. 오 헨리의 《마지막 잎새》에서 포기하지 않고 수우가 살아냈듯이.

자신의 가슴에다 진입금지 표시를 달고 사는 사람들의 모습을 지켜보면서 내 마음속에 자리 잡은 그림자를 수시로 달래가며 살아야겠다는 생각을 한다. 우선 자신과 화해를 해야 타인과 잘 지낼 수 있을 것이기에.

가까운 곳에서 마음을 열어야

영화 〈밀크〉

영화배우 숀 펜을 좋아한다. 그가 나온 영화 〈21g〉, 〈미스틱 리버〉, 〈데드맨 워킹〉, 〈아이엠 샘〉, 〈써스펙트〉, 〈아버지와 아들〉 등을 통해 익히 알고 있던 배우인데 〈밀크〉를 통해 다시 한 번 만나게 되었다. 장난기 어린 눈웃음과 약간 마른 듯한 가운데 섬세한 얼굴 표정, 눈가의 주름살이 보여주는 연륜, 날카로운 턱 선과 약간은 강인해 보이는 옆모습이 작품 속에서 등장인물의 성격을 잘 드러내 주고 있다. 깎아놓은 듯한 미남은 아니지만 성격파 배우이면서도 풍부한 표정과 몸짓이 등장인물의 성격을 잘 드러내 주고 있어 배우를 보고 영화를 선택해야 하는 경우에는 주저하지 않고 숀 펜이 등장하는 영화를 보기로 한다.

〈밀크〉는 동성애라는 주제를 다루고 있고 정치적인 입장을 표방하는 영화라서 다소 부담스럽기는 하다. 하지만 특정 성적기질

에 관심이 있어서가 아니라 소수자의 입장을 대변하는 한 인물에 대한 관심으로 영화관을 찾게 되었다. 자신의 정체성을 밝히는 것이 다른 사람에게 직접적인 피해를 주는 것이 아니라면 통제되거나 비난의 대상이 되어서는 안 된다는 입장이다. 물론 종교적인 관점에서 보자면 커다란 입장차이가 있겠지만 일반적으로 성범죄가 만연한 현실에서 성범죄자가 아닌 한, 성적 기호가 다른 사람이라는 점만으로 기피의 대상이 되거나 사회적으로 피해를 입어서는 안 된다고 본다. 교육이나 강압에 의해서 바뀌는 성향이 아니고 타고난 본성 가운데 하나라고 가정할 때 비인간적으로 대우하거나 바라보아서는 인간존엄성 측면에 어긋난다고 할 수 있다. 그들은 이성애자인 우리들과 다만 다를 뿐이다.

마흔이 다 되어 자신의 정체성을 밝히고 자신의 목소리를 내고

자 마음먹은 하비 밀크(숀 펜)는 비슷한 처지에 놓인 사람들을 모아 사회적으로 사람대접을 받고자 노력한다. 사회적 이슈를 만들고자 해서가 아니라 생존의 문제라고 절규하는 그는 정치적 힘을 가져야 사회적 보호를 받을 수 있다고 여겨 시의원에 출마해 삼수 끝에 당선된다. 자신이 입안한 법안이 통과되기 위해서는 정적과 주고받는 거래를 성사해야 하는 정치세계의 생리를 영화 속에서 보여준다. 그 와중에서도 그는 "희망이 없으면 우리는 무너진다"고 하면서 자신의 불투명한 태도 때문에 아픔 속에서 죽어간 가까운 친구 네 명의 상처를 간직하고는 다시는 그러한 아픔을 되풀이 하지 않겠다고 마음먹으며 희망을 저버리지 않는다.

하비가 맞서 싸우고자 한 대상은 종교적인 벽도 아니고 굳건한 정치적 아성도 아니고 바로 사람들 마음속에 자리 잡은 소수자에 대한 편견이다. 누구나 동성애자에게 관대하라고 소리치는 것이 아니라 그저 많은 사람들처럼 능력과 자질에 따라 평가하고 대우해 달라는 것이다. 본인의 성적 취향과 직접 상관없는 동성애자라는 꼬리표로 평가하지 말고 말이다. 호불호는 개인의 취향이지만 사람으로서의 대우는 같아야 한다고 소리치는 것이다. 그의 절규의 목소리는 총성에 묻혀 사라지지만 그가 소리 높여 외치던 소수자의 권익은 그의 목숨의 대가로 진일보했다.

각자의 목소리를 자유롭게 낼 수 있는 사회가 성숙한 사회일 것이다. 물론 누구나 자기 입장만을 소리 높일 경우에는 시끄러운 사회가 될 수 있다. 그러나 개개인이 자기 목소리를 내고 그것을 합리적으로 조율해 나갈 때 비로소 개개인은 자기 정체성을 확인하고 존중받는 느낌을 받을 수 있을 것이다. 그 과정에서 다소의 시끄러움은 필요악이라고 받아들일 만큼의 관용은 가져야 하지 않을까 싶다.

"우리의 참모습을 외면하는 가족은 진정한 가족이 아니야"라고 소리치던 목소리가 영화관을 나오는 순간까지 귀에 쟁쟁하다. 가장 고통스러울 수도 있지만 가장 먼저 마음을 열어주어야 하는 것이 가족이어야 한다는 당위성이 아직 지켜지지 않는 불편한 진실과 마주하면서 무거운 발길을 돌린다. 그러한 고통을 얼굴 표정 그리고 온몸에 격정적으로 실어 보여주었던 숀 펜의 연기에 박수를 보내고 싶다.

계절처럼 이어지는 각자의 삶

영화 〈세상의 모든 계절〉

"망설이거나 모른척하거나 다가서거나"라는 부제를 단 영화
〈세상의 모든 계절〉. 원제는 *Another Year*로 사람마다 각각의 삶
을 사는 또 다른 계절을 의미하는 것이 아닐까 싶다. 봄, 여름,
가을, 겨울로 나뉘어져 영화가 진행되는데 얼핏 보기에는 굳이
계절별 속성에 맞게 나뉜 것은 아닌 듯싶다. 전체적으로 극적인
사건도 없고 자극적인 요소도 없이 두 시간 넘게 흐르는 잔잔하면
서도 다소 불편한 서술에 조금은 지루하기까지 하고 어이없이 끝
나는 장면에서는 느닷없기도 하다. 그런데 영화가 끝난 다음 자
리를 선뜻 떠나지 못하고 잠시 앉아있었던 것은 우리가 살고 있는
삶이 바로 이 영화에서 보여주는 것처럼 지루하기도 하고 시끄럽
기도 하고 어이없기도 하다는 생각이 들었기 때문이다.

"기울어짐의 시간"이란 표현대로 나이가 들어가면서 견뎌내어

야 하는 삶의 이면을 파헤친다. 배경은 단순하다. 톰과 제리의 집
과 농장이 주배경이다. 다른 드라마나 영화에서처럼 볼 만한 곳이
나 멋진 인물이 등장하는 것도 아니다. 그럴듯한 명대사도 없다.
그저 우리 주변에서 자주 맞닥뜨릴 수 있는 평범한 사람들의 이야
기를 평범한 배경에다 펼쳐놓기에 영화를 보았다기보다는 우리 주
변의 누군가의 삶에 같이 잠시 끼어들었다가 나온 듯한 느낌이 든
다. 그렇기에 더욱 쓸쓸하고 안타깝다. 바로 우리네 모습이기에.

　60대 부부인 톰과 제리의 평화롭고 소통 잘 되는 삶과 부부 사
이에 전혀 소통 없이 행복이 무엇인지 모르고 다른 삶을 한번 살
아보고 싶다는 소망만 가지고 있다가 죽어버린 린다와 형인 로니
의 불통의 삶의 대비를 통해 삶의 따뜻함과 차가움을 보여준다.
친절한 설명 없이 단순하게 보여주는 양면의 삶을 통해 관객이 스

스로 느끼고 생각하게 한다. 톰과 제리 부부를 둘러싼 인물들, 친구인 켄과 제리의 직장동료인 메리 역시 비슷한 나이 또래의 인물들로 상처와 외로움 그리고 각자 나름의 상흔을 가슴에 안고 살아간다. 결코 그들은 자신의 내면의 그림자를 겉으로 드러내지 않는다. 침묵으로 일관하거나 다변으로 주위를 시끄러울 정도로 정신없게 만든다. 켄과 로니는 침묵으로 자신의 껍질 속에 파묻혀 곁에 있는 이들이 어떤 상처를 입고 살아가는지 자신이 얼마나 고통스러운 삶을 사는지조차 모른다. 이와 반대로 메리는 상처투성이의 삶을 드러내지 않고 주위 상황과는 어울리지 않는 수다와 호들갑으로 정신없게 만들어 주위사람들은 얼핏 보기에 그녀의 아픔을 읽어내지 못한다.

톰과 제리의 아들인 조이의 여자친구의 등장으로 메리는 자신의 상처를 비로소 드러내게 되고 린다의 죽음으로 형인 로니는 톰의 집에 오게 되어 자신의 껍질을 조금이나마 벗게 된다. 막상 이들이 자신의 진짜 모습을 조금씩 드러내게 되자 그들에게 호의적이었던 제리는 불편함을 느끼게 되고 모두의 만찬자리에서 의도적이지는 않지만 그들을 소외시키게 된다. 자신들의 행복했던 시간을 더듬는 자리에서 꿈꾸는 듯한 회상에 동참하지 못하고 쓸쓸하게 방치되어 있는 메리와 로니를 클로즈업시키면서 느닷없이 영화는 막을 내린다. 영화 전편에서 흐르던 톰과 제리의 다정함과 주위 사람들에게 열린 마음이 마지막에 메리와 로니에게 전해지지 못하고 그들 식구만의 웃음과 회상에 그치는 장면은 삶의 진실을 보여주는 것 같아 불편하면서도 사실적이라는 생각이 든다.

"지나야 알게 되고 아파 봐야 깨닫는 인생의 비밀"이라는 문구를 보고는 상당한 비밀이 숨어 있는 그 무엇이 있지 않을까 생각했던 사람은 어쩌면 미끼였다고 생각할지 모르겠다. 일상적인 삶의 모습을 비추어주기만 하니까. 또는 "겨울의 끝은 봄이니까요"라는 문구에서는 희망을 발견하고자 하는 관객도 있을 수 있겠다. 그러나 봄의 다음은 작열하는 여름이 있고 쓸쓸한 가을이 이어지고 추운 겨울이 또 이어진다는 것을 느낀 관객이라면 이것 역시 희망사항에 그친다는 것을 알게 될 테니까. 굳이 이 영화에서 희망을 말하는 것이라고 여기고 싶지 않다. 그냥 다른 계절이 의도하지 않아도 이어지는 것처럼 행복한 삶도 불행한 삶도 그냥 이어진다는 명제를 다시 한 번 확인한 느낌이 든다고나 할까? 너무 비관적인가? 이렇게 말하면. 사실은 그렇기에 오히려 이 영화가 잘된 영화라고 할 수 있지 않을까 싶은데…. 아이러니이다. 정말로. 산다는 것은.

거짓인 진실

영화 〈허영의 불꽃〉

"진실이 너를 옭아매는 경우라면 거짓말을 하거라."

평생 진실을 위해 살아왔고 윤리적인 삶의 자세를 견지해 왔던 아버지가 곤궁에 처해 있는 아들에게 사랑한다며 어깨를 껴안아 주며 하는 말이다.

이 영화에서는 진실이 과연 무엇이며 누구를 위한 것인가에 대해 물음을 던진다.

인생에서 일어나는 모든 파멸은 아주 작은 실금에서부터 시작된다. 처음에는 너무나 작은 금이어서 그것이 그렇게 삶에서 치명적인 위협이 되리라는 것을 알아채지 못하는 법이다. 제목인 〈허영의 불꽃〉에서 눈치 챌 수 있겠지만 누구나의 가슴속에 숨겨진 허영의 불씨는 아주 작지만 그 심지에 불이 댕겨지는 것은

한순간이며 아주 작은 일에서부터 시작됨을 이 영화에서 적나라하게 보여준다.

　은행투자가로 역량을 펼쳐 보이는 셔먼(톰 행크스)은 아름다운 아내와 귀여운 딸과 함께 방이 열네 개나 되는 집에서 산다. 그러나 그는 유명한 남편이 있는 유부녀인 마리아(멜라니 그리피스)와 연인 관계를 유지한다. 셔먼과 마리아는 서로의 가정을 저버리고 싶어하지는 않으면서 거의 모든 것을 다 가진 사람들이 그렇듯 일탈이 주는 감미로움에 눈이 멀어 짧고 강렬한 만남을 계속한다. 그러던 어느 날, 운명의 손길이 그들에게 닿고 만다. 셔먼과 마리아는 차를 타고 가다 맨해튼에서 길을 잘못 들어 브롱크스로 접어들게 된다. 컴컴하고 시끄러운 거리를 지나 아무도 없는 으스스한 길에서 만난 두 흑인 청년의 접근을 피하기 위해 속도를 내다가 그만 흑인 소년 한 명을 치고서 도망치게 된다. 밝고 환한 맨해튼으로 가는 길에서 까딱 잘못해 길 하나 놓치고 방향을 잘못 든 탓에 다시 돌이킬 수 없는 사태가 벌어지고 마는 상황이 상징하는 바가 의미심장하다.

분명 사람을 치었을 것 같은데도 확인하지 않고, 목격자도 없고 가진 것을 다 잃을 수도 있다는 염려 때문에 그들은 경찰에 신고하지 않고 진실을 묻어버리기로 한다. 그러나 이 사태를 정치적으로 이용해 선거에 도움을 받고자 하는 시장과 흑인 소년을 미화해 흑인들의 동정을 얻어 돈을 벌고자 하는 베이커 목사와 소년의 엄마, 이 사건을 소설 같은 기사로 활자화해 해고의 위기를 넘겨 명성을 얻고자 하는 저널리스트인 피터 팰로, 자신이 운전대를 잡았지만 허위진술을 함으로써 자신만 곤궁에서 빠져나오려는 마리아, 이들에게 있어서 진실은 사건 그 자체가 아니라 그들이 원하는 대로의 사건보도를 통한 사람들의 관심의 쏠림이다.

"세상을 내려다보기 쉬운 자리는 추락하기도 쉬운 자리라네."
이 대사에서처럼 높은 자리에서 세상 사람들이 바라는 모든 것을 갖추고 있던 셔먼은 '마리아'란 덫에 걸려 인생의 길을 잘못 들게 되고 세상을 내려다보던 자리에서 추락을 앞둔다. 자신이 살기 위해 자기가 운전하지 않았다고 거짓증언을 하는 마리아, 아들의 사고를 이용해 한몫 잡으려는 소년의 엄마, 이들을 교묘하게 이용해 인종갈등을 부추겨 선거에서 이기려드는 시장, 그 어느 누구에게도 진실은 중요하지 않다. 다만 한 사람의 실수를 자신에게 얼마나 유리하게 이용하느냐가 중요할 뿐이다.

재판정에서 마리아의 거짓증언과 인종차별이란 걸림돌에 걸려 셔먼이 유죄를 판결받게 될 직전에 반전이 일어난다. 셔먼은 자신이 녹음하지 않은 테이프는 출처가 분명하지 않기에 증거가 될 수 없다는 사실을 알게 된다. 그래서 그는 "운전대를 잡은 내게 모든 것이 달려 있는 거야"라고 마리아가 말한 테이프를 손에 넣고는 자신이 녹음했다고 거짓진술을 하여 무죄 방면을 받게 된다. 그 전날 저녁에 아버지가 들렀을 때 진실이 뭐냐는 아들의 질문에 아버지의 대답인 "진실이 널 옭아매는 경우라면 거짓말을 하거라"라는 말에서 거짓이 진실을 덮는 것이 아니라 거짓을 통해 다른 사람의 진실을 밝혀내는 경우라면 그 거짓은 거짓이 아니라 또 다른 얼굴을 한 진실이라는 것을 보여준다.

지방판사인 화이트(모건 프리먼)의 한마디, "법은 나약한 인간의 욕망을 예의바른 원칙으로 억누르는 겁니다". 결과적으로는 거짓이 진실을 지켜주는 아이러니를 초래한다. 너무 계몽적인 훈시가 영화 전체의 긴장도를 떨어뜨리기도 하지만 삶에서 흔히 겪을 수 있는 함정과 진실을 밝힌다는 명분 아래 자신의 이익을 채우기 위해 거미줄처럼 얽혀드는 더러운 거래를 저널리스트인 피터 팰로의 유쾌한 내레이션을 통해 잘 보여준다.

영혼을 팔고 모든 것을 얻느냐 아니면 모든 것을 잃고 영혼만이라도 찾느냐 하는 갈림길에서 영혼을 건진 사람은 이 영화에서는 사실상 아무도 없다고 해야 할 것이다. 등장하는 인물들 모두 사실은 영혼을 잃었다. 그러고도 다른 것을 얻은 사람은 아무도 없다. 참, 한 사람 — 셔먼의 아버지는 제외할 수 있다. 아들을 믿고 끝까지 사랑을 보여주었기에 거짓이 다른 면에서 진실을 찾아내는 수단이 됨을 증거한 사람이라 할 수 있고 마지막까지 자신의 영혼을 지키면서 아들까지 구해낸 사람이기에.

그 모두가 당신일 수 있다

영화 〈당신을 오랫동안 사랑했어요〉

영화에서 기본 뼈대가 되는 줄거리 못지않게 주연배우의 표정 연기가 중요하다는 사실을 확실하게 각인시켜 준 영화가 〈당신을 오랫동안 사랑했어요〉(*I've loved you so long*) 이다. 이 영화에서 주연 을 맡은 줄리엣(크리스틴 스콧 토마스)의 눈빛은 비가 그친 뒤 저녁 무렵의 희미한 구름 사이로 희끗 보이는 푸른색 하늘 한 조각 같 다. 약간은 황량하기도 하고 쓸쓸하기도 하며 무언가 할 말을 많 이 담은, 그러나 쉽사리 입을 열지 않을 것 같은 눈빛을 제대로 잘 살린 것이 압권이다. 그녀의 동생으로 분한 레아(엘자 질베스타 인)의 따뜻하고도 조금은 장난스러운 눈빛도 줄리엣의 표정을 살 리는 데 한껏 도움이 되어주고 있다. 레아의 동료인 미셸(로랑 그레 빌)의 중후하고도 속 깊은 연기는 이 둘 사이의 균형을 잘 잡아주 어 든든한 삼각구도를 형성하고 있어 전체적으로 무겁고 위태로

운 분위기를 안정적으로 끌고 가는 데 중요한 역할을 한다.

 ·줄거리 자체야 어찌 보면 참신할 것도 없는데 전개하는 방식을 미스터리 스타일로 구성한 점이나 등장배우들의 표정연기를 클로즈업하여 세련되게 끌고 간 점이 전체적으로 잘 만든 영화라는 느낌이 들게 한다. 미스터리 영화라는 부제를 붙여 무언가 사건이 일어날 것을 기대하고 온 관객에게는 다소 지루한 느낌이 들 수도 있겠고 화면 변화도 세련되긴 하지만 자극적이지 않게 워낙 담담하게 이어지는 편이라서 기대치에 못 미친다고 생각할 관객도 있을 수 있다. 그러나 심리묘사에 주목하는 관객이라면 자극적인 소재나 구성으로 관객의 시선을 끌려고 하기보다 인간의 내면에 억압된 감정의 두께에 대해 섬세하게 건드려보고자 하는 감독의 시도를 높이 사지 않을 수 없을 것이다.

15년 동안 살인죄로 감옥생활을 하고 나온 엄마인 줄리엣은 재판정에서는 물론 어느 누구에게도 그 이유에 대해 말 한 마디 하지 않는다. 석방되어 동생인 레아를 만나는 장면으로 영화가 시작되는데 마무리 부분에 가서야 그 이유를 밝힌다. 그 과정까지 관객은 도대체 왜? 라는 궁금증을 안고 같이 따라 가야 한다. 도대체 왜 누군가를 죽여야만 했나 하는 이유를 알아가는 과정이며 그 궁금증을 풀어가는 과정에서 줄리엣의 고통과 눈물의 의미를 짚어가는 것이 관객의 숙제이다.

　줄리엣이 찻집에서 만난 한 남자와의 하룻밤에 대해 의미를 따져보자면 누구에게도 말할 수 없는 비밀의 무게 때문에 아무도 모르는 누군가에게 그 무게를 전이하고 싶은 욕구라 볼 수도 있고, 억압된 감정의 봇물을 터뜨리고 싶어서 한 돌발 행위라고도 볼 수 있고, 내가 죽은 것이 아니라 아직 살아 있다는 느낌을 받고 싶어서 라고도 볼 수 있다. 어찌 되었건 이 하룻밤은 줄리엣에게 아무런 감정적 해소 없이 하루의 해프닝으로 끝나고 만다. 결코 이런 방식으로는 해소될 수 없음을 감독은 말하고 싶어 한 것일까?

　감옥에서 나온 사람에게 취업이 쉽지 않음은 동서양 막론하고 같은 것인지 줄리엣은 몇 번의 퇴짜를 거듭 맞은 후 병원의 비서로 근무하게 된다. 끝까지 감옥에 가야만 했던 이유를 말하지 않는 줄리엣의 깊은 고통에 대해서 아무도 모르지만 미셀은 따뜻한

마음으로 손 내밀어 주고 그로 인해 줄리엣의 마음은 차츰 열려
간다. 미술전시관에서 줄리엣이 한참 바라보던 에밀 프리앙의
그림인 '고통'을 통해서 감독은 하고 싶은 말을 다 하고 있는 듯
보인다. 검은 베일을 쓰고 고통스럽게 가족의 죽음을 바라보는
그림 속 인물들의 고뇌에 찬 표정을 줄리엣의 그것과 겹쳐 보이
는 장면은 다른 어떤 설명보다 많은 공감을 전달하는 것으로 여
겨졌다.

"자식의 죽음은 가장 슬픈 감옥이야. 결코 석방될 수 없는." 이
한 마디가 줄리엣의 비밀을 다 표현해 주고 있다. 줄거리야 여기
서 다 이야기할 필요가 없지만 제목이 뜻하는 바는 말하고 싶다.
〈당신을 오랫동안 사랑했어요〉 여기서 당신은 누구인가? 사랑
하는 연인들의 이야기인가 생각하고 영화관을 찾았던 사람은 속
았다고 생각할 수도 있겠다. 불치병으로 고통받는 자식을 위해
불가피한 선택을 하고 감옥에 간 언니를 잊어야만 했던 동생 레아
와 자매간의 우애를 되찾아가는 과정에서 없었던 거나 마찬가지
였던 언니, 동생일 수도 있고 오해한 채 세상을 떠난 아버지일 수
도 있고 치매로 병원에서 요양생활을 하는 엄마일 수도 있다. 아
니면 눈물의 아픔 속에 세상을 떠난 어린 아들일 수도 있다. 그것
이 누구였던 줄리엣에게 아픔으로 남았던 그 모든 사람이 아니었
을까 싶다. 결코 이해할 수 없다고 여겨 말하지 않고 가슴으로만
숨겨왔던 그들을 사실은 오랫동안 사랑해 왔던 것이라고 말하고

싶어 하는 것은 아닐까?

아무래도 사랑은 아픔 없이는 피지 않는 꽃인가 보다.

본능과 예술의 사이

영화 〈세라핀〉

느림의 미학을 영상으로 풀어나간 영화, 〈세라핀〉. 이 영화는 스토리로 또는 대사로 이야기를 풀어헤치는 영화가 아니다. 이미지와 침묵과 단조로움으로 영상미학을 서술해 나가는 영화이다. 그렇기에 어떤 면에서 다소 지루할 수도 있고 밋밋하게 여겨질 수도 있다. 그러나 꾸밈없이 내면의 소리에 천천히 귀 기울이게 만든 점에서는 실화의 인물 묘사에 충실하다고 할 수 있겠다. 천한 허드렛일을 해야 하는 처지에 있는 세라핀은 자신도 모르게 내면에서 솟아나오는 그림을 향한 본능적인 끌림에 한발 한발 다가서게 된다. 먹을 것도 충분하지 않고 입을 것도 없는 그런 상황 속에서도 그림을 그리기 위한 물감이나 니스를 사는 데 청소나 요리를 해 준 대가로 받은 자신의 모든 것을 털어 넣는다. 주위 사람들의 비웃음에도 불구하고 세라핀은 그림을 향한 열정과 끌림을

그만 둘 수 없다. 그녀는 그림을 잘 그리기 위해서 최선의 노력을 다하는 것이 아니라 주체할 수 없는 광기와도 같은 본능적 기울어짐을 다른 것으로 대신할 수가 없다. 천재적 예술가의 어쩔 수 없는 운명을 그녀도 피할 수 없이 걸어가고 만다. 그러한 내면의 섬세한 묘사를 위해서 영화에서 등장인물이 주로 실내에서 창을 통하여 밖을 향해 내다보는 장면이 자주 나온다. 실내의 전체적인 밝기는 어둡고 이에 대비되어 창밖은 환하고 밝은 숲과 나무와 하늘이 주로 보이는데 감독이 예술가의 내면에서 외면을 바라보는 이미지를 상징적으로 처리하기 위해서 그러한 설정을 하지 않았을까 생각한다. 세라핀이 창가에 서 있을 때도, 세라핀의 그림을 알아준 비평가인 빌헬름 우데가 창가에 서 있을 때도 주로 이러한 장면이 나오는 것이 그 예이다.

"나는 슬플 때 시골길을 걸어요. 나무와 이야기도 하고 …"라고 세라핀은 말하면서 그로부터 받은 영감을 그림에 표현한다. 그녀가 풀이나 꽃에서 물감의 재료를 구하기도 하고 교회에서 촛농을 몰래 받아 그림의 재료로 사용하기도 하며 맑은 물속에 손을 담그다가 이미지를 그림에 차용하기도 하는 것을 보면서 이런 감각적인 감성은 타고나는 것이지 노력에 의해 생기는 것은 아니라는 생각을 한다. 물론 타고난 천성도 노력에 의해 더 빛나기는 하지만 없는 것을 노력한다고 해서 끌어낼 수 있는 것은 아니다. 저절로 끌리는 그 무엇이 바로 타고난 천성이라는 것일 게다. 그러나 천성은 자신이 의식적으로 어떤 행위를 하고자 해서 생기는 것이 아니기에 흘러가는 방향 역시 걷잡을 수 없다는 점이 무섭다. 예술가들에게 자주 나타나는 광기 역시 본인에게는 본능적인 기질이고 타인에게는 예술적 재능이라고 여겨지는 것 아니겠는가. 물론 그 광기가 모두 예술적 작품으로 형상화되는 것이 아니라는 점에서 예술적인 감성을 갖고 있는 사람에게 비극이다. 그러한 일반적인 경우와 맥을 같이 해, 세라핀도 그 어렵던 상황에서 화단에서 인정을 받게 되어 형편이 좀 나아지기는 하지만 생활에서 지속적으로 현실감각을 지니지 않아 결국 정신병원에 입원하여 파란만장한 삶을 마감한다.

사랑했던 사람이 없었냐고 하는 물음에 세라핀이 하던 말, "그림을 그리는 사람은 다른 방법으로 사랑한답니다." 사랑을 하는 방법에는 사람마다 자기식의 스타일이나 길이 있기 마련이다. 그 중 그림을 그리는 사람의 사랑법을 이 한마디로 말한다. 글을 쓰는 사람이나 음률을 다루는 사람은 또 다른 자기만의 방법으로 사랑할 것이다. 그녀가 사랑하지 않고서는 견딜 수 없었던 그림. 그 그림을 통해서 사랑을 키우고 지켜나갔던 자기만의 사랑법. 비록 상대는 그 사랑의 깊이와 넓이를 모르나 고귀하고 소중하게 키워나간 사랑. 비록 그녀는 현실적으로 그 사랑을 이루지 못하고 불운한 천재로 삶을 마감했으나 그녀가 남긴 그림으로 그 사랑은 완성되었다고 할 수 있을 것이다.

세라핀을 열연한 욜랭드 모르의 연기는 적역의 연기가 어떠한 것인가를 보여주는 전형이라고 할 수 있다. 외면적으로는 무심하고 덤덤한 가운데 내면의 광기를 꾸밈없이 표현한 그녀의 연기는 세라핀이 자신의 삶을 재현하는 듯한 느낌을 준다. 마치 현실에서 세라핀을 만난 듯한 느낌을 준다. 자연을 사랑한다는 표현을 그녀에게는 쓸 수가 없다. 사랑한다는 것은 그 대상을 인식하고 받아들인다는 뜻으로 해석할 수 있는데 세라핀은 그냥 자연 속에서 자연스럽게 살아가면서 자연을 누리는 듯한 모습을 너무나 자연스럽게 보여주기에 사랑한다는 표현으로 자연과 그녀 자신을 이원화할 수 없다. 자연을 사랑한 것이 아니라 자연과 하나가 되어 느끼는 바를 표현한 것으로 보아야 할 것 같다. 약간 고집스럽고 우직하면서도 분노와 광기를 가진 한 인간의 내면심리를 작위

적이지 않고 담담하면서 다소 거칠게 표현한 연기에 반전이 없어
다소 지루할 수도 있는 뒷부분을 보상받을 수 있다.

확신에 찬 의심의 대가

영화 〈다우트〉

나는 이제는 다 죽었나 싶었는데 다시 살아나고 마는 에일리언도, 한강에서 느닷없이 덮치는 괴물도 무섭지 않다. 인류를 멸망시키러 오는 외계인 군단도, 모든 것을 순식간에 휩쓸어가는 쓰나미도, 화산의 타오르는 벌건 용암도 무섭지 않다. 어차피 우리 모두의 힘으로 이겨내야 하거나 아니면 공멸해야 하는 운명이라면 닥치는 대로 겪을 것이며 힘닿는 대로 싸울 것이기 때문이다. 내가 정말 무서워하는 것은 겉으로 보면 점잖고 서로를 배려해 주는 것 같으면서도 실상 내면으로는 무시하거나 질시하거나 근거 없는 의심의 눈초리로 바라보는 인간의 속성이다. 차라리 드러내 놓고 불평하거나 질책 또는 타박을 하는 것은 낫다. 안 그런 척하면서 그러는 것이 더 무섭고 끔찍스럽다. 그런 면에서 이 영화는 다 보고 나서 소름이 끼칠 정도로 무서움을 안겨준다.

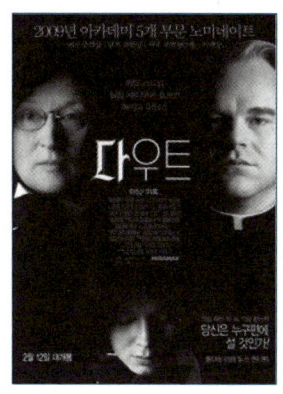

　플린(필립 세이모어 호프만) 신부는 교구 부설 성니콜라스 학교 학생들에게는 열린 마음으로 다가선다. 전학 와서 소외당하고 있는 흑인 소년 도널드에게 마음의 문을 열도록 다른 학생들보다 더 가까이서 보살피고 돌봐준다. 그러나 이러한 행동은 원칙주의에 사로잡혀 있는 알로이시우스(메릴 스트립) 수녀에게는 성적으로 의심스러운 행동으로 비치게 되고 정체를 폭로해서 다시는 이 교구에 발을 못 붙이게 만드는 결정적 요인이 된다. 여기서 중요한 것은 플린 신부의 성적 취향이나 잘못된 행동이 진실이냐 아니냐가 아니다. 한 사람을 확신에 찬 의심으로 대하며 그런 눈으로 볼 때 믿고 싶은 면만 믿게 되는 점이다.

　피부와 계급의 차이에서 오는 소외된 외로움에 힘들어하는 도널드와 인간적인 관계를 시도하는 플린 신부는 다른 학생들과의 대우차원에서 차별을 가지고 온다는 명분 아래 알로이시우스 수녀의 끊임없는 감시와 배척을 받게 된다. 노골적인 갈등 끝에 다른 교구로의 전출을 앞두고 플린 신부는 의심과 편협에 대한 강론을 한다. 남에 대한 험담은 깃털이 가득 찬 베개를 찢는 것과 같다는 비유를 들어서. 깃털이 가득 든 베개를 찢으면 깃털은 등 뒤에서 불어오는 바람에 어디론가 날아가고 만다. 시작이 어디인지 어디까지 날아갈지 모르는 깃털은 주변에 가득 날린다. 다시 주워 담을 수도 없다. 남에 대한 험담도 그와 마찬가지라고 하면서. 사람에 대한 험담이나 의심은 고구마 캐기와 같다는 비유는 의심에 대한 관념적인 생각을 구체적으로 보여준다. 하나를 캐면 덩굴째 따라 올라오는 것이라고 시각화하면서 말이다. 어떤 사람에 대한 험담이나 의심은 사실 여부와 상관없이 일단 시작되면 계속 불어나게 마련인 속성을 매우 잘 짚어내고 있다.

확실한 증거도 없이 심증만으로 확신에 차서 플린 신부를 그토록 의심하는 알로이시우스 수녀가 도대체 이해가 되지 않을 정도였다. 그에 대한 이해는 마지막 장면에서 비로소 풀린다. 오열하는 알로이시우스 수녀의 독백. "저도 제 믿음에 회의가 든다구요….." 플린 신부의 행동이 어떠했는지는 아무도 모른다. 전 교구의 수녀에게 물어보았다는 수녀의 거짓말에 인간적인 실수가 없는 사람은 없다는 말로 대신하는 플린 신부. 그것 때문에 신부에게 잘못이 있다고 확신하는 알로이시우스 수녀. 어떤 것이 진실이든 확신에 찬

의심은 그런 의심을 하는 사람을 괴롭히는 것이라는 사실만은 분명
하다. 확신이든 의심이든 그에 대한 대가는 그것을 하는 사람에게
되돌아가게 되어 있다. 사람 사이에서 보이지 않는 이런 의심과 편
견이 그래서 나는 무서운 것이다.

"When you are lost, you are not alone"이라고 플린 신부는
외친다. 혼자가 아니면 도대체 누가 함께 하냐고 물을 것이다. 그
것은 사랑하는 사람이나 가족이 될 수도 있고 신이 될 수도 있다.
당신이 그렇게 믿는다면 당신은 결코 혼자가 아니다. 당신이 그
것을 믿지 못한다면 언제나 혼자일 수밖에 없다. 믿음, 그것만이
우리를 편안하게 만들어 줄 수 있을 것이다. 회의가 드는 믿음이
라도 근거 없는 의심보다는 나은 것이니까.

그 시대의 쓸쓸한 영국의 거울

영화 〈디스 이즈 잉글랜드〉

영국의 1980년대 문화와 사회상황에 대해 사실적으로 따라가며 보여주는 영화이다. 한 소년이 스킨헤드족과 어울려 다니며 겪는 뒷골목의 모습과 그 당시 사회전반에 흐르던 불만과 허무에 대해 시선을 고정시켜 보여준다. 젊은 시절에 이 영화를 보았더라면 좋아했을 법하다. 그러나 지금은 처음 부분에서 다소 피곤함을 느꼈다. 과격한 언사와 별난 족속들의 행위가 심하게 불편하게 여겨졌기 때문이다. 영국에 가보지 않았기 때문에 문화적 친근함이 없어 더 그렇게 느껴졌는지도 모르겠다. 무엇보다 나이가 들어서 그런지 젊은이들의 반항 — 특히 다른 나라의 젊은이라서 더 그런지 — 과 일탈과 돌출행동이 쉽게 수용되지 않았다. 젊은이들의 영화가 아닐까 하고 그만 볼까 생각하던 중 중반에 이르자 그들이 그렇게밖에 할 수 없었던 그 시대적 상황과 서투르게 받아들

일 수밖에 없었던 젊음의 무모함과 치기가 이해되기 시작하였다.

이 영화는 무엇이 잘못이고 무엇이 잘하는 것이라는 것을 힘주어 말하지 않고 담담하게 보여줌으로써 보는 이에게 느낌과 깨달음을 주는 영화이다. 그 시대의 영국이 어떠했는지 조명하여 덤덤하게 보여줌으로써 그야말로 'This is England'라고 확실하게 이름 붙인다. 숀이라는 소년이 아버지의 죽음을 받아들이는 방식을 보면서 결핍된 상황에서 다른 것을 받아들이는 속도와 범위는 얼마나 클 수 있는가를 느낀다. 전쟁, 이민, 실업 등 산재한 사회문제 속에서 늙은 영국이 느끼는 불편함과 중압감을 젊은이들을 통해서 허무와 일탈로 투사한다.

그중 부드럽지만 아픈 장면 하나. 콤보가 롤에게 꽃을 주면서 고백할 때, 한 사람에게 아름다운 사랑으로 기억되는 것이 상대에게는 고통인 순간으로 각인되어 있는 경우가 있음을 보여준다. 콤보에게 힘겨운 세상을 버티는 힘이 되어준 것이 롤과 지낸 한순간이었음에 반해, 롤은 그 순간을 잊기 위해 안간힘을 써 버티어 살아갈 수 있었다고 한다. 누군가에게는 추억이 버티는 힘이 되어주고, 다른 누군가에게는 망각이 버티는 힘이 되어준다는 아이러니한 사실. 그래. 세상은 그런 모순 속에서 덜컹거리며 굴러가는 것이다.

누군가는 명분 없는 전쟁이나 다툼 때문에 죽고, 누군가는 신체조건 때문에 억울하게 맞고, 누군가는 사소한 것 때문에 놀림을 당하고, 누군가는 밥벌이를 잃는 순간에도 누군가는 사랑을 하고, 누군가는 배신을 당하고 그렇게 산다. 누구나 다 그런 것을 보면서 다 그런 것을 겪으면서 그렇게 커 간다. 그것이 영국에 한하는 것은 아니다. 다만 바로 그 시대 영국의 모습을 쓸쓸하게 보여주는 것이다. 이 영화는.

자아찾기란 이름의 해방다리

영화 〈사랑하고 싶은 시간〉

"위험할 만큼 매혹적인, 간절한 만큼 강렬한 사랑"이라는 큼지막한 부제를 단 영화 〈사랑하고 싶은 시간〉(*what more do I want?*)이라는 포스트를 보고는 여성의 '자아찾기'라는 도식적인 해설이 담기지 않길 바랐다. 결혼이라는 제도적 그물망 밖으로 벗어나는 사랑을 하는 남녀를 볼 때 왜 여성의 경우는 항상 '자아찾기'의 일환으로 혼외정사가 거론되나 하는 답답함과 속상함이 멈추지 않는다. 과거 여성이 사회활동으로부터 자유롭지 않았을 때에는 다른 대안이 없기도 했고 사회활동을 통해 자아를 찾아갈 통로가 없었기 때문에 지금 자신이 처해 있는 상황에서 자신을 인정해 주고 보듬어 주고 귀 기울여 주는 대상으로, 또는 깊숙한 곳으로부터 솟아오르는 몸의 말까지 읽어줄 수 있는 대상이 필요했기 때문에 가까이 있는 남성이 차선책으로 선택될 수밖에 없었을 것이다.

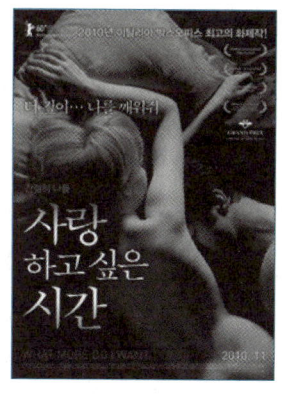

그런 경우 여성의 자아찾기의 일환으로 다른 남성과의 사랑이 어떤 면에서는 용납과 용납까지는 아니더라도 이해 정도는 될 수 있다. 그러나 오늘날까지 여전히 그런 시각으로 여성의 결혼을 벗어난 사랑을 바라보는 것은 합리적이지도 않고 바람직하지도 않다. 그냥 간절한 사랑이라고 하면 안 되는 것일까. 마음보다 몸이 원하는 멈출 수 없는 사랑. 비극이 예견된 금지된 사랑. 매혹적이고 간절하긴 하지만 회한과 후회를 남기면서 상처뿐인 추억과 얼룩을 남길 사랑이라고 하면 안 되나. 남성의 경우, 결혼이라는 제도를 넘어서 이루어지는 사랑에 대해 남성의 자아찾기라는 해석이 붙는 사랑은 일찍이 본 적이 없다. 왜 여성은 다른 남성의 몸을 통해 자신의 자아를 찾는 것이라고 생각하는 것일까. 감독이 남성이어서 남성적 시각으로 여성을 해석하고 해부하고자 한 결과 이런 식으로 해설하는 것은 아닐까 하는 다소 꼬인 생각조차 해 본다.

"더 깊이 … 나를 깨워 줘"라는 부제는 영화 속에서 주인공의 심리묘사와 갈등에 주목해 영화를 보게 하기보다는 일단 선정적인 문구로 관객을 하나라도 더 끌어들이려는 다소 유치하고 상업적인 냄새가 짙게 배어나온다. 남녀의 벗은 몸끼리의 도발적인 얽힘이 크게 부각되는 시각적 효과와 선정적 문구가 주는 자극적인 호객행위는 상당히 불편한 느낌이 들게 하면서도 끌리게 한다. 여주인공 안나는 자신의 삶에서 많은 부분을 차지하는 일상적인 남편과 지루할 만큼 잔잔한 하루하루를 보내고 있던 중, 식당에서 일하는 남자인 도미니코와 첫 만남에서 온몸이 떨리는 느낌을 받게 되고 그를 향하는 몸의 이끌림에 이성적인 브레이크를 걸지 못하게 된다. 넉넉하지 못한 살림과 어린 아이들을 돌보는 데 지친 아내와의 건조한 결혼 생활에서의 해방구를 자신에게 적극적으로 다가오는 여성에게서 발견한 도미니코는, 아내를 속여가며 일주일에 한 번씩 수영을 배우는 시간에 육체적 합일을 위하여 짧고 강렬하지만 위험한 만남을 가진다. 금지된 사랑에 허여된 시공간을 찾기란 쉽지 않다. 그러기에 그들의 사랑은 감미로워 보이고 더 원하는 사랑처럼 보이게 하는 착각을 불러일으키는 법이다. "어디 조용한 곳 없을까?"하고 안타까워하는 금지된 사랑에 놓여 있는 남녀는 허여되지 않기에 금지된 사랑을 하는 것이 아니라 금지된 것이기에 안타까운 사랑이라고 착각하는 게 아닐까 싶다.

"안나는 도미니코와 사랑을 통해 자신이 진정으로 원하는 것은 살아있다는 느낌, 나 자신을 진정으로 사랑할 수 있는 시간임을 깨닫게 되는 모습을 보여줌으로써 여성 관객들의 일상을 깨우는 깊은 공감을 이끌어낼 것"이라는 포스터의 설명을 읽으면서 자신을 사랑하는 것이 몸을 통해서만이 가능한 것일까 하는 생각과 더불어 왜 이런 깨달음은 여성에게만 한하는 것인가 하는 의문이 든다. 남성은 몸을 통한 금지된 사랑을 거치면서 자신을 사랑하지 않아도 일과 사회 속에서 자신을 사랑하고 충족할 수 있는 데 반해 여성은 그렇지 않고 다른 남성을 통해 자신을 사랑하게 되는 것일까? "좀더 일찍 만났으면 좋았을 텐데…. 지금은 늦었을까?" 하고 묻는 도미니코에게 마음의 공감보다 몸의 공감이 더 빠른 만남을 보면서 일찍 만났더라면 얼마간의 세월이 흐른 뒤에 또 다른 상대에게 그런 느낌을 가졌을 수도 있는 것이 삶이라는 아주 진부하지만 평범한 정답이 떠오른다.

무덤덤한 남편인 샤를르를 두고 레옹과 로돌프와의 뜨거운 사랑에 빠졌다가 약을 먹고 죽음에 다다른 《보바리 부인》의 엠마. 시장인 남편을 두고 줄리앙과 이룰 수 없는 사랑에 자신을 던졌다가 죽음에 이르는 《적과 흑》의 드 레날드 부인. 지방관리인 남편을 두고 오빠의 처제의 연인인 브론스키와 불꽃 튀는 사랑에 빠졌다가 결국 달리는 기차에 몸을 던져 삶을 마감하는 안나 카레니나. 아주 현실적인 남편인 막스를 두고 방랑하는 극작가 베르톨트와 사랑을 꿈꾸다가 하늘로 날아오른 《늦어도 11월에는》의 마리안네 …. 이뿐이랴. 할 수 없고 해서는 안 되는 사랑을 잡으려고 허공에 손을 내밀다가 삶의 전부를 던져야만 했던 여성들이 …. 남녀 간의 사랑은 마음과 몸이 합일을 이룰 때 완성되는 것일진대, 배우자가 있음에도 불구하고 다른 여성과 몸의 대화를 나눈 남자는 대개 별다른 혼돈 없이 (배우자인 여성이 문제를 제기하지 않는 한) 일상을 영위해 나간다. 반면 배우자 이외의 다른 남자와 몸의 소통을 하게 된 여성의 경우는 이성적으로 거부할 수 없는 운명의 길을 걸어갈 수밖에 없는 것임을 동서고금을 막론하고 문학작품 속에서는 보여주고 있다. 자아를 확인하고 살아있다는 느낌을 받을 수 있는 수단이 아직 여성에게는 여러모로 열려있지 않아서 그런 것인가. 아니면 여성 특유의 속성 때문인 것인가. 비슷한과정과 결말을 풀어놓는 작품을 접하다보면 이 같은 생각을 자주하게 된다.

2부

책에서의 물음표

빛과 그림자

정유정 《7년의 밤》

그래. 그게 탈이다. 어떤 사람의 뒤에는 그의 그림자*가 울고 있다는 것을 알게 된 것이 말이다. 세상에서 손가락질받는 흉악범이든, 윤리적으로 못할 짓을 한 강간범이든, 남 보기에 그럴듯해 보이지만 위선으로 뒤덮여 있는 인물이든, 그 속에 울고 있는 어린 아이의 그림자를 찾아내게 된 것이 탈이라면 탈이다. 분명 개인적으로 그런 사람을 만나게 되면 무섭고 싫어하겠지만 소설에서나 영화에서나 이런 인물과 조우하게 되면 용서는 안 되지만 이해는 가는 어설픈 공감자가 되어버린 것이.

정유정의 《7년의 밤》은 처음 책장을 펼 때부터 마지막 장을 덮을 때까지 읽는 것을 멈출 수가 없다. 독자를 빨아들이는 흡인력이 대단하다. 소설을 읽는 것이 아니라 마치 영화를 보고 있는 듯

---

* 로버트 존슨의 《당신의 그림자가 울고 있다》의 그림자를 의미함.

한 기분이 든다. 한 페이지 한 페이지 넘길 때마다 눈앞에 떠오르는 전직 야구선수이자 현재 세령호 관리팀장인 최현수와 그의 아들 최서원, 이들과 악연으로 만난 치과의사 오영제, 이들 사이에서 고리역할을 하는 안승환의 외모부터 행동거지 하나하나가 눈앞에 살아 움직이는 듯한 느낌을 받는다. 아마 나는 한 편의 소설을 읽은 것이 아니라 한 편의 영화를 본 것인지도 모른다.

탄탄한 구성과 치밀한 심리묘사, 기분 나쁠 정도로 꽉 짜인 개연성은 혀를 내두를 정도이다. 그러나 등장인물 하나하나에 숨어 있는 어린 아이의 그림자가 불쑥 솟아나와 때로는 너무 잔인하고 불안하다. 극적인 서사에 불편하게 여길 수도 있겠으나 시공간적으로 치밀하게 배치되어 있는 사실감과, 있어서는 안 되지만 충분히 있을 수 있는 사실이라는 점에 오히려 두려움이 느껴진다.

권위적이고 비뚤어진 남성우월자인 오영제가 자기식으로 아내인 하영과 딸 세령을 조금씩 조여 견딜 수 없게 만들며 막바지까지 몰아붙일 때, 그 속에 숨은 울고 있는 그림자는 원래 참는 게 제일 싫었던 어린 시절, 무조건적으로 편을 들어주던 아버지와 끽소리 못하고 당하기만 하던 어머니의 잔영일 것이다. 항상 쫓기듯 불안하고 알코올중독자인 동시에 무능한 아버지가 우물에 빠져 구해달라고 애원하던 목소리가 언제나 자기의 뒤를 따라오는 최현수는 자기 가족만은 어떤 일이 있더라도 지키고야 말겠다고 다짐하나 실패한 야구선수 생활과 팍팍한 현실에서의 끄나풀은 언제 어디서나 현수를 놓지 않는 그림자가 된다. 잠수부로서 시신인양을 하던 안승환의 아버지는 자신의 아들만은 공부를 하여 그런 일과는 무관한 삶을 살기 원했으나 돌고 돌아 마침내 기찻길에서 시신을 수습하는 일을 하게 된 승환은 자포자기의 심정으로 사직을 하고는 소설을 쓸 수 있는 시간적 여유가 있는 세령호의 임시 보조로 취직을 하게 되어 물속에서 아버지의 그림자와 수시로 만나게 된다.

잔인하고 치밀한 오영제의 숨은 그림자는 안정된 가정에서 제대로 인정받고 싶은 어린아이라 할 수 있다. 자신이 우물에 아버지의 신발을 던져 아버지의 죽음이 초래되었다고 믿는 현수의 숨은 그림자는 아버지의 죽음에 대한 죄책감에서 벗어나려는 심정과 자신의 힘으로 가족을 지키고 싶어 하는 가장의 책임감이라 할수 있다. 시신거두기의 허망함과 두려움에서 벗어나 자신의 글쓰기를 통해 홀로 서보려는 승환의 그림자는 어떤 형태의 죽음이든지 피해보려는 안간힘이라 할 수 있다.

냉혈한인 오영제도 사실은 상처 입은 한 마리 짐승에 불과하고, 의도하지 않은 살인을 하고 만 최현수도 마음속의 아버지 목소리를 따라가다 불가피한 죄를 짓고 만 피투성이 어린아이에 불과하다는 사실을 알게 되면서 사람 사이에서 용서가 안 되는 일은 있어도 이해가 안 되는 일은 없는 게 아닐까 하는 생각을 해본다. 그리고 널리 알려진 사실 중에서 진실과 거짓의 구분은 모호하고도 소용없는 것이 많다는 사실도 알게 된다. 복수를 하려는 사람은 무덤 두 개를 준비해야 한다는 말도 함께 떠오른다. 상대의 무덤과 복수를 하려는 자신의 무덤도 함께 준비해야 한다는 말이다. 그런 면에서 죽음의 그림자와 맞서서 복수하려고 하지 않고 그 그림자에서 벗어나 다른 사람의 삶의 끈이 되어주려던 승환은 서원도 살리고 자신도 살아남을 수 있었던 것이리라.

"어두움 속에 쌓인 그림자에 의식의 빛을 투과한다면 이 비극적 역사의 고리를 끊을 가능성이 생겨난다. 그런 의미에서 자신의 그림자를 들여다보고 껴안는 작업은 우리 각자에게 주어진 역사적 과제이다", "우리는 삶의 어두운 측면에서 달아날 수 없지만 그것을 현명하게 다룰 수는 있다"는 로버트 존슨의 말을 인용하면서 개인의 역사 갈피마다 숨겨진 그림자에 빛을 투과해 본다면 절대로 용서할 수는 없지만 이해하지 못할 인간은 없다는 말로 대신할 수 있을 것 같다. 한편 이 세상 그 누구도 타인에게 자기 그림자를 내려놓을 권리가 없다는 사실도 분명하게 기억해야 할 것이다. 자신의 그림자에게 오랫동안 시달려 온 영제나 현수와 그 그림자의 고리를 끊고 다른 사람의 손을 잡아준 승환은 그런 면에서 빛과 그림자 반대편에 선 우리의 거울이다.

죽기로써 살아내기

정유정 《내 심장을 쏴라》

한 작가의 책을 읽다가 마음에 들면 그 작가의 다른 작품을 찾아서 계속 읽는 스타일의 독자이다. 처음 정유정의 작품을 읽게 된 것은 《7년의 밤》이었다. 다수의 독자를 확보하고 있다는 것은 검증된 작품임을 나타내는 동시에 베스트셀러라는 이름 아래 대중성이 강한 작품이라는 생각이 동시에 들어 그냥 많은 사람들이 읽으니 어디 한번 보자 하는 심정으로 읽기 시작했다고 해도 과언이 아니었다. 그런데 탄탄한 구성과 박진감 넘치는 필력 그리고 가슴 묵직하게 울려오는 휴머니즘에 빠져 들어가면서 어떤 대상에 대한 선입견이나 세상의 보편적인 시선이 얼마나 왜곡될 수 있나 그리고 얼마나 냉정한가를 알게 된 다음에는 스스로 다른 작품을 찾아 읽게 되었다. 그래서 만나게 된 것이 《내 심장을 쏴라》이다.

일상적인 삶을 살아가면서 부딪치고 겪어내야 하는 힘겨움에 휘청거리고 있는 나로서는 정신병원에 입원한 환자의 이야기로 시작하는 첫머리에서 소재의 특이성에 재미는 있을지언정 몰입되지는 않겠구나 하는 생각을 했다. 보편적이고 일상적인 삶에서 쉽게 부딪치는 고통과 갈등에 공감하고 깨닫고 싶었지 특수한 상황에 놓인 사람들의 애환까지 읽어갈 정신적 여유가 없었다고 하는 것이 더 정확한 이유라고 할 수 있을 것이다. 아주 소설적인 이야기에서 느끼는 재미보다 현실적인 늪에서 바닥을 딛고 일어서고 싶은 마음이 더 강했다고 할 수 있다.

그런데 정신병원의 이야기가 단지 정신병원에서 일어날 수 있는 특수한 이야기가 아니라 현실에서 일어날 수 있는 상황의 상징이라는 것을 오래지 않아 읽어낼 수 있었다. 정신보건심리위원회에서 입원이냐 퇴원이냐의 심사대상에 든, 스물다섯 살의 청년인 이수명의 서술로 이야기는 시작된다. 우울증을 앓던 엄마의 자살 현장에 있던 충격으로 세상을 향해 걷던 길에서 벗어나 도망치려고 한사코 몸부림치는 이수명이 강제로 아버지가 입원시킨 병원에서 만난 동갑의 류승민은 그에 만만치 않은 이력으로 수리정신병원에 입원당하게 된다. 재벌의 사생아로 태어나 방구석에 있는 걸레취급을 받던 그가, 아버지의 죽음 뒤 물려받은 재산 때문에 다른 형제들로부터 강제로 입원당하여 미친 취급을 받게 되는 것이다. 이수명은 미쳐서 갇히게 되고, 류승민은 갇혀서 미치게 되는 것이 다를 뿐 자신의 시간과 공간을 자신의 의지나 선택으로 정할 수 없다는 점에서는 동일하다.

운명적으로 만난 이 두 사람은 정신병원에서 전형적인 인물로 그려지는 렉터 박사나 점박이, 간호사 윤보라 등으로부터 심한 무시, 구타, 억압을 받게 된다. 약물치료, 전기경련요법의 후유증이 이들을 '나무늘보'로 만들고 '고장 난 시계'로 만들지만 류승민은 한때 글라이더를 하면서 맛보았던 자기 세계의 자유를 찾는 것을 포기하지 않는다. 이수명은 구겨 박아 놓았던 '그날 밤'의 진실과 맞부딪치지 않게 도망치지만 승민의 끊임없는 '자기찾기'를 보면서 조금씩 '그날 밤'의 진실을 향해 발걸음을 내딛기 시작한다.

진실과 맞닥뜨리는 것이 무서워 삶의 복원을 꿈꾸지조차 못하는 이수명은 "병원 창가에서 세상을 내다보며 꿈꾸던 희망이 세상속 진실보다 달콤하고 안전하다고 생각하며" 세상을 향한 다리를 건널 엄두를 내지 못하고 있었다. 그러던 중 망막변소증으로 인해 시각장애가 오고 있는 류승민의 탈출을 도우면서 도망해서 '살기'가 실제적인 '죽기'가 되는 역설에 이수명은 몇 번이나 묻는다. 병원에서 탈출하여 비행하는 것이 곧 시각장애자로서 죽음을 의미하는 것인데 왜 굳이 그래야 하냐는 물음에 "난 순간과 인생을 맞바꾸려는 게 아냐. 내 시간 속에 나로 존재하는 것. 그게 나한테는 삶이야. 나는 살고 싶어. 살고 싶어서 … 날려고 하는 거야"라고 승민은 대답한다.

치밀한 계획과 우연의 도움으로 탈출에 성공하여 수리봉에 오른 이수명과 류승민. 이수명은 바로 그 시간에 그동안 아버지를 의심해왔던 것이 자신이 한 짓이 무서워 만들어낸 의심이었다는 '그날 밤'의 진실과 만난다. 비로소 자신으로부터 도망치려던 것에서 벗어나게 된다. 류승민은 병원에서 그토록 빼앗기지 않으려고 했던 시계를 수명으로부터 받아 쥐고 하늘로 날아오른다. 신문기사에는 정신병원을 탈출한 환자가 한 명은 실종, 다른 한 명은 극심한 우울증 증세를 보인다고 게재되었을 뿐 그들 사이에 있었던 희망과 절망 그리고 경외와 자신으로서 살고자 하던 몸부림에 대해서는 결코 읽어내지 못한다.

정신병원을 탈출하면서 류승민은 비상을 통해 자신만의 시간을 갖게 되고, 이수명은 비로소 '가위'의 악령으로부터 벗어날 수 있게 되어 세상으로 귀환할 꿈을 꾼다. 누구나 자신만의 '가위'에 눌리면서 힘겨워할 수도 있다. 그 순간에 렉터 박사나 점박이가 하는 가학에 녹아떨어져 버리기 쉽다. 이처럼 자신의 의지와 상관없이 운명이 내 삶을 침몰시키는 상황에 놓이게 되는 경우가 종종 있다는 것이 무섭기는 하지만 자신의 세계를 갖기를 포기하지 않는 이에게는 어떤 형태로든 그 시간은 오고야 만다는 진실에 책을 읽는 내내 졸였던 마음이 풀리는 감동을 받는다.

희망을 향한 끈이 너덜너덜할지라도 끝내 그것을 놓지 않겠다는 은유를 이 소설을 통해 건져 올린다.

신발끈을 다시 매는 자세로

이민아 《땅끝의 아이들》

책을 처음 접한 느낌은 부담스러웠다. 크리스천이 아니기에 간증하는 듯한 행간마다 녹아 있는 하나님과 예수를 향한 열렬한 사랑에 몇 번이나 책장을 덮었다 다시 펼치곤 했다. 그러나 끝까지 읽어내면서 절절한 기도와 믿음으로 자신을 구원한 이민아에게 박수를 쳐주고 싶었다. 글쓴이가 결혼하여 미국으로 갈 때까지 겉으로는 너무나 부럽고 평화로운 시절을 보낸 것으로 남에게 보인다. 유명한 부모님(이어령과 강인숙) 덕분에 넉넉한 가정형편에서 자랐고 우수한 성적으로 유명대학에 입학도 했고 결혼하여 미국으로 건너간 이력은 남부러울 정도이다. 그러나 그녀 속에 자리 잡은 응어리는 남에게 말 잘 듣는 아이로 보이기 위한 몸부림이었다고 고백하는 장면을 읽으면서 이민아의 그림자를 떠올렸다. 자기 내면에 자리 잡은 자신의 그림자는 자기가 어떤 벽에 부딪칠 때 비로소 찾아내는 몸부림이기에 다른 사람은 모를 수 있다.

결혼과 아들의 출산 그리고 이혼, 재혼, 둘째 아들의 자폐, 첫째 아들의 혼수상태에 이은 사망, 본인의 암 발병, 실명위기…. 다른 사람은 하나도 겪기 힘든 상황을 몰아서 한꺼번에 다 겪은 듯한 생각이 든다. 그 소용돌이에서 수없이 믿음을 의심하기도 하고 고통스러워하기도 하고, 다시 믿음에 매달려 호소하기도 하면서 불과 얼음 같은 시련을 헤쳐 나온다. 사랑하던 딸이 고통스러워하는 모습을 보고 아버지인 이어령 씨가 믿음을 받아들이는 과정이 소상하게 서술되어 있다. 특히 아버지가 고통을 겪는 딸의 간절한 소망 때문에 믿음을 받아들인 이후 건강하던 첫째 아들 유진의 죽음이 큰 충격으로 다가오는 장면은 너무 인간적이고 실감난다. 절대자를 향한 분노와 회의와 비탄 속에서 헤매다가 다시 겸손하게 무릎을 꿇은 그 과정에서 하나님의 깊은 뜻을 헤아리는 것은 아직도 내겐 어렵다.

그토록 죽을 만큼 힘든 과정을 거쳐 왔기에 이민아는 땅끝의 아이들을 믿음으로 손잡아 주기로 하고 기도하고 그들이 기댈 어깨를 빌려주기도 하고 지나칠 정도로 간증을 하면서 자신이 믿는 절대자에게 간절히, 절실히 간구한다. 지금 이렇게 다시 설 수 있는 것은 절대적인 믿음과 사랑 덕분에 가능했다고. 겨자씨만 한 믿음으로 하나님과의 약속을 지키려고 애쓴 아버지를 존경한다고 수없이 되뇐다.

이런 그녀를 보면서 수없이 엎어졌다가 다시 일어설 수 있는 힘은 무엇이었나 생각해 본다. 하나님을 믿는 크리스천은 하나님이 계시기에 '나는 할 수 있다'고 믿는다. 그 힘이 있기에 어떤 시련이든지 그 분의 뜻이기에 견디어 낼 수 있다고 믿는다. 반면 모든 일은 자신이 지은 행위의 결과라고 보는 부처님의 제자는 수억 겁을 거치면서 자기의 지은 바의 결과이므로 '자신이 수행하여 참회하며 닦아나가야 한다'고 생각한다. '할 수 있다'와 '해야 한다'의 차이에 대해 생각해 본다. 절대적인 존재가 있다고 믿으며 그 분이 있기에 나는 '할 수 있다'고 여기는 것은 한결 쉬울 것이다. 이에 반해 자신이 닦으며 스스로 해결해 나가야 한다고 하는 것은 순전히 자신이 책임지고 해결해 나가야 하는 것이기에 더 힘들 것이다. can과 must의 차이라고나 할까? 그러나 할 수 있는 것은 하지 않을 수도 있지만 해야 하는 것은 하지 않으면 안 된다는 생각이 든다. 주체가 자기 자신이라서 그런 것이 아닐까 싶다. 그런 면에서 이민아는 행복하다. 진정 믿기만 하면 어려움을 헤쳐 나올 수 있으니까. 그러나 나는 can이 아니라 must의 입장이다. 스스로 헤쳐 나와야 하는 편에 선 나로서는 그녀가 어떤 면에서는 부럽기도 하다. 내가 놓치지 않으려고 하고, 뛰어넘으려 하는 이 산은 깨달음으로 넘어설 수밖에 없다는 것을 아는 순간, 그녀가 부러운 것이 아니라 둘 다 참 잘 견뎌왔구나 하고 생각하게 될 것이다. 내가 진정한 깨달음으로 가는 길은 그녀가 흔들리면서 절대자를 만나러 가는 것과 다르지 않을 것이다.

어떤 길이든 간절한 기도와 땀 흘리는 수행이 뒷받침되어야 넘어지지 않고 가야 할 곳에 닿을 수 있다고 생각한다. 믿음의 방식은 다르지만, 자기 앞에 다가온 시련을 헤쳐 나가 마침내 평온의 땅에 서게 된 그녀를 보면서 신발끈을 다시 매는 자세를 가진다. 그래도 다시 일어서야겠다고. 넘어지지 말고 다시 걷기 시작해야겠다고.

무심(無心)의 자유로움

이지누 《마음과 짝하지 마라, 자칫 그에게 속으리니》

신문에 "신비로운 남도의 폐사지 아홉 곳으로 '나'를 찾아 떠나다"라는 커다란 문구를 단 책 광고가 나왔다. 책 제목이 《마음과 짝하지 마라, 자칫 그에게 속으리니》여서 내용을 보지도 않고 마음이 끌렸다. 마음과 짝하다 그에게 속은 일이 한두 번이 아니었기에 선문답 같은 제목에 당장 인터넷으로 주문해야겠다고 마음 먹었다.

그런데 "이지누의 폐사지 답사기 — 전남편"이라는 부제목을 보면서 이 글을 쓴 필자가 이혼을 했구나 하고 생각을 했다. 필자가 찍은 사진과 글을 실은 책에 전남편의 답사기를 왜 꼭 넣었어야 했을까 하는 의문을 잠시 가졌다. 그래서 이 책의 내용상 그 글이 가지는 무게가 주는 의미가 특별한가 보다 하고 생각했다.

막상 주문한 책이 도착해 펼쳐 보니 세상에 필자는 남자가 아닌가? 도대체 어떻게 된 일인가 하고 자세히 보니 전남편은 지역을 의미하는 것이었고, 전남편, 전북편 등 여러 지역권으로 나누어 폐사지를 다녀보고 그에 대한 감상과 사진을 올린 글이 아닌가!

순간 부끄럽고도 무안했다. 이지누란 필명이 독특하긴 했지만 무의식중에 여자라는 생각을 하고, 뒤이어 전남편의 글을 실을 정도인 것을 보니 상당히 쿨한 관계로 지내며 따로 사는 사람들인가 보다 라고 생각한 내가 순진한 건지 아니면 바보 같은 건지 우습기만 했다.

요즘 인터넷에서 너무나 자주 이혼한 부부들의 이야기를 들어서 나도 모르게 이혼이란 것이 뇌리에 박혀 있다가 이런 식으로 불쑥 연결되는구나 하는 생각이 들었다. '마음과 짝하지 마라'고 했는데 순간 내 마음대로 내 마음과 짝하다가 속고 말았다. 이 정도로 금방 드러나는 속음은 웃고 지나칠 일이지만 보다 큰일과 보다 중요한 일에도 속고, 속은 줄도 모르며 사는 일이 얼마나 많은 것일까.

이 책에는 진도 금골산 토굴터, 장흥 탑산사터, 벌교 정광사터, 화순 운주사터, 영암 용암사터, 영암 쌍계사터, 강진 월남사터, 곡성 당동리 절터, 무안 총지사터 아홉 곳을 돌아보고 폐사지의 유래와 역사, 얽힌 설화와 시, 아름다움을 아울러 쓰고 정경을 사진으로 담았다. 흔한 여행답사기가 아니라 사라져가는 아름다움을 안타까운 마음으로 섬세한 필치로 그려내어 읽으면서 잠시 읽기를 멈춘 적이 한두 번이 아니었다.

필자의 책 전반에 흐르는 생각은 "폐허란 그저 지저분해서 반드시 정리하고 깔끔하게 정돈해야 할 공간만은 아니다. 생각해 보라. 폐허의 스산한 풍경이 혐오감이나 두려움만 발생시키던가. 그렇지 않다. 아름다움이란 음양 모두에서 느낄 수 있는 것이다. 결코 그중 어느 하나가 다른 어떤 것에 비해 우월하거나 우선하지 않는다." 이 말로 요약할 수 있다.

무량한 햇살은 산하대지에 맑게 부서지고, 투박한 자태로 유혹하는 자운영 그리고 갖은 몸짓으로 일렁대는 청보리가 펼쳐지지 않았는가. 그때 알았다. 옛사람들이 툭하면 '풍경에 취한다'고 했던 까닭을 말이다. 그토록 흠씬 남도의 봄에 젖어버렸는데 어찌 절터로 향하는 걸음을 서붓서붓 뗄 수 있었겠는가. 그저 논두둑을 미친 듯이 쏘다녔을 뿐, 흥에 겨운 걸음을 절터가 있는 진도를 향해 성큼 옮기지 못했다. ─15쪽

운주사는 저 홀로 아름다운 것이 아니다. 운주사를 찾는 사람들 또한 스스로 아름다운 것이 아니다. 그들은 서로 높낮이가 없으며 넓이가 없는 점과도 같은 존재들이다. 그러나 운주사라는 점과 사람이라는 점이 만나면 높이는 여전하되 그 넓이는 무변광대해진다. 부처와 사람이 서로 만날 때까지 그 점은 이어질 테지만, 운주사에서는 그때가 막연하지만은 않다. 그 까닭은 사람이

부처에게로 향하듯이 부처 또한 사람에게로 다가오기 때문이다.
아! 운주사여, 그대 어찌 이렇게 아름다운가. ─ 176쪽

　허겁지겁 구정봉 언저리에 올라섰지만 뒤도 돌아보지 않았다.
옛사람들 모두 구정봉에 올라 시 한 수 남기기를 마다하지 않았
지만. 그저 산등성이에 미치는 내 긴 그림자만으로 노을을 가늠
하며 걸었다. 그대들이여, 용암사터에 가거든 부처님을 통해 내
자신만 만날 뿐. 함부로 노을을 바라보지 말라. 자칫 노을 본 그
대들 모두 부동의 바이러스에 감염되어 월출산의 숱한 바위들처
럼 굳어버리고 말지도 모를 일이다. 기어코 너른 들판에 그 유순
한 노을빛과 함께 영산강이 실타래 풀리듯 서해로 흘러가는 모습
을 보고 말았다면. 그대는 두고두고 모진 그리움에 몸을 떨어야
하리라. ─ 228쪽

이 밖에도 가슴에 남는 구절이 이어진다. 읽어가면서 각자가
가슴에 밑줄을 칠 일이다. 단지 아쉬운 것은 인용한 부분의 글자
색이 연해서 읽기가 아주 조금 불편했다는 점이다. 나이가 든 사
람만 느끼는 점일지는 모르겠다.
　이 책에 인용된 진각국사 혜심스님의 시 한 수로 이 책 전반에
흐르는 마음을 대신할까 한다.

마음과 짝하지 마라
무심이면 마음이 절로 편안하리
마음과 짝한다면
자칫 그에게 속으리

공간구성의 절묘함을 엿보다.

빛과 그림자가 만나는 순간 — 그 가운데 푸른 신호등이 하늘을 수놓다.

그림자가 시야를 가릴지라도 푸른 신호등은 켜진다.

나는 알고 있다. 그렇다는 것을

감정의 깊은 주름 하나 파헤치다

기리노 나쓰오 《부드러운 볼》

"이 남자와 살 수 있다면 나는 아이를 버려도 좋다고 생각했다."
"남편도 애인도 나를 구원해주지 못했다."

기리노 나쓰오의 《부드러운 볼》의 표지에 다소 선정적인 문구가 거슬렸다. 그저 그렇고 그런 소설류가 아닐까 하는 선입견이 앞섰기 때문이었다. 그런데 도서관에서 근무하다 보니 대출빈도가 상당히 높은 책이어서 도대체 어떤 흡인력이 있길래 그렇게도 많은 독자가 매혹당하나 싶어 손에 잡기 시작했다.

제판업을 하는 모리와키 미치히로의 아내인 카스미와 그 회사의 고객인 이시야마는 걷잡을 수 없는 열정에 휩싸여 부적절한 관계를 맺게 된다. 모호하고 분별없는 정열에 몸과 마음을 맡기게 되고 만 그들은 대담하게 서로의 가족을 동반한 북해도 별장행을 감행하고 가족들과 더불어 간 여행에서도 밀회를 거듭한다. 바로 그때 심정이 "이 남자와 살 수 있다면 나는 아이를 버려도 좋다고 생각했다"는 한마디로 압축할 수 있다. 이런 심경을 현실화시켜 주는 사건이 발생하게 되는데, 카스미의 딸인 유카가 그들의 밀회 다음날 아침 별장에서 실종된다. 늘 시간과 장소에 쫓기던 카스미와 미시야마는 일상에서 닻을 내리고 싶어 했지만 기실 그들은 덫에 걸리고 만다.

유카의 실종 이후 카스미가 딸을 찾아나서는 과정에서 그녀를 둘러싼 인물들의 심리와 고통과 있음 직한 개연성을 좇아 여러 각도로 서사가 전개된다. 이시야마의 아내인 노리코와 카스미의 남편인 미치히로도 결국 둘 사이의 관계를 알게 되고 결국 각자 이혼이라는 예정된 수순을 밟게 된다. 불안하고 짧은 행복 뒤에 긴 고통과 불행이 카스미를 따라다닌다. 그런데 작가는 이 점에 초점을 맞춘 것이 아니라 실종된 딸을 찾아 나선 이후 카스미가 맞닥뜨리게 되는 있음 직한 진실의 여러 모습을 등장인물의 꿈으로 치환해서 보여준다.

사건의 발생과 해결방식을 중점으로 풀어헤치는 미스터리 소설 형식을 차용하지만 범인이 누구인지는 명확하게 밝히고 있지 않다. 등장하는 인물들, 별장 소유주인 미즈미, 가출해 소식을 끊어버린 카스미의 친부모, 사건해결을 위해 파견된 경찰인 와키다 등을 중심으로 그들의 마음속에 묻어둔 진실을 길어 올린다. 누가 유카를 납치, 살해했느냐가 초점이 아니라 인간 내면에 숨겨둔 어두운 그림자를 꺼내 낱낱이 펼쳐 보임으로써 인간 사이에서 일어나는 범죄는 우리 모두가 공범 아닌 공범임을 말하고 싶었던 것이 아닐까 생각한다.

> 자식은 시간을 나타내는 존재이다. 풍요로운 미래가 가득 찬 시간. 그리고 서로의 기억 속에서 풍화하는 시간. 그 모든 것을 새기는 것이 자식이다. —148쪽

카스미가 자신의 인생에서 유카라는 시계 하나를 잃고 찾아 헤매는 과정에서 위암에 걸린 전직 형사 우츠미를 만나면서 사건에 대한 접근은 지금까지와는 다른 방식으로 진행된다. 우츠미는 죽음을 앞두고 자신의 명예나 일로서 유카의 실종사건에 접근하기보다 사건 속에 숨어 있는 진실은 무엇인가, 사건의 그물망 속에 걸려든 인간 내면의 그림자는 어떤 모습을 하고 있는가에 물음을 던지며 다가선다.

자식을 버려도 좋다고 여길 만큼 순간의 열락에 자신을 맡긴 카스미, 지배인을 의심하고 아내를 향한 질투심에 불타 순간적인 살의를 느낀 별장 소유주인 이즈미, 남편의 외도에 상대의 아이를 유괴함으로써 가장 치명적인 복수를 하고픈 이시야마의 아내인 노리코, 범죄가 일어나지 않으니까 범죄를 날조해서라도 주목을 받고 승진의 기회를 가지고자 하는 파렴치한 경찰인 와키다,

자신의 공명을 드러내는 일이 아니고 시골에서 일어난 작은 사건이라 여기고 무성의하게 사건을 처리함으로써 사건 진상에 가까이 다가서게 될 기회를 봉쇄해버린 우츠미…. 사실 이 모든 사람들이 유카의 실종의 용의자인 동시에 공범 아닌 공범이 될 수 있는 현실을 작가는 말하고 싶어 한다.

우츠미의 죽음을 앞두고 카스미는 말한다. "유카 찾는 것을 그만두겠어요"라고. 실종된 딸을 찾아 나선 것이 결국 자신을 찾아 나선 것임을 알게 되었기 때문이다. 사람은 자신도 모르는 사이 누군가의 부표가 된다. 즉 사는 이유가 되는 것이다. 그 부표가 사라졌을 때 또는 부표를 잃어버려서 방향을 잡지 못할 때 그것을 보고 살던 누군가는 삶의 의미를 잃어버리게 되기도 한다. 그러나 자신 스스로가 부표가 될 때 더 이상 헤매지 않는다. 카스미는 험하고 먼 길을 돌아서 마침내 "그저 꿋꿋이 살아가는 거죠"라며 자신이 삶의 바다에서 부표가 되었음을 알게 된다.

불륜과 어린이 납치, 실종, 가출, 미궁에 빠진 사건 등 현실에서 일어날 수 있는 모든 나쁜 사건들의 교직 속에서 추리와 상상을 통해 인간 실존의 본모습에 다가가려는 구성과 필력에 감탄한다. 다만 끝까지 알아채지 못해 아쉬운 것은 '부드러운 볼'의 의미는 무엇인가 하는 점이다. 삶의 겉모습인가? 아니면 그토록 찾고자 했던 자신을 상징하는 것이었을까?

말 한 마디의 힘

김려령 《우아한 거짓말》

학교폭력, 왕따, 자살로 이어지는 암울한 뉴스가 걱정은 되지만 더 이상 새로운 소식이 되지 못할 정도로 익숙해져 버린 세상이 되고 말았다.

안타깝고 답답한 마음 가득하지만 해결방안은 보일 기미도 없어 한숨만 나오는 이때, 내용에 대한 아무런 사전 정보 하나 없이 제목에 끌려 읽게 된 김려령의 《우아한 거짓말》. '우아하다'는 단어는 고상하고 아름답다는 뜻을 의미하기는 하나 어딘가 가식적이고 위선적이라는 냄새를 풍긴다. 거짓말이라는 단어와 조합하니 더욱 그런 냄새가 짙다.

이 땅에서 청소년 시기를 보낸 사람치고 이 글을 읽으면서 깊숙이 찔린 상처를 희미하게나마 감지하지 않은 사람이 없을 거라는 생각이 든다. 자기도 모르는 사이에 가해자의 입장에 섰든, 피해자의 입장에 섰든, 아니면 방관자의 자리에 서 있었던 역할 정도라도 하지 않았던 사람이 있을까 싶다.

　작가는 서두부터 '천지'라는 여중생인 주인공의 죽음을 배치해 독자들의 심기를 불편하게 하는 동시에 긴장하게 만든다. 그 죽음 뒤에 놓여 있는 친구, 가족 그리고 학교 사이의 그물망을 하나 하나씩 벗겨 간다. 전학 와서 적응하기 어려운 시기에 만난 화연은 교묘하게 관심과 친절을 가장한 적당한 거리를 이용해 천지를 가지고 논다. 또 다른 친구인 미라는 천지의 바람막이가 되어주려고 하다가 홀로 된 자기 아버지와 천지 엄마의 교제 사실을 알게 된 이후로 무조건적으로 천지를 싫어하게 된다. 이 모든 사실을 모르는 천지는 학교생활에 적응해 나가는 과정의 하나라고 여기고 참고 견디는 것으로 대응해 나간다.

　홀로 되어 씩씩하게 딸 둘을 키우며 살아가는 엄마에게 학교에서 친구 사이의 일로 짐이 되고 싶지 않았던 천지는 엄마나 무던하게 자기 일을 해나가는 언니인 만지에게 속을 털어놓지 못한다. 그것이 상처가 곪는 데 결정적 계기가 되는 것을 나중에야 알게 되지만 너무 늦다. 이 대목에서 부모의 말을 잘 듣고 착하게 보이는 아이가 오히려 더 조심스럽고 눈여겨 지켜보아야 할 일이라는 교훈을 건질 수 있다. 불평을 하고 투덜대는 아이는 건강하다는 증거이다. 어딘가 마음을 표현할 수 있는 대상이 있기 때문이다. 그러나 착하다고 칭찬받고 자기일 잘 해나간다고 주변에서 마음을 놓는 아이의 경우 오히려 자기 스스로 견뎌내야 하는 짐이 더 무거운 법이라는 것을 어른들이 알아야 한다고 작가는 넌지시 말하고 있는 듯하다.

　교묘하게 괴롭히는 화연을 견디다 못해 천지가 세상과의 끈을 놓아버렸을 때 방관자의 역할을 하던 친구들은 이번에는 화연에게 비난의 화살을 보낸다. 천지가 괴로움을 당할 때 모른 척하던 아이들은 한 아이가 세상을 떠나자 그렇게 만든 것은 화연의 탓이라 돌리기만 할 뿐 정작 자신들이 그렇게 만드는 데 한 부분을 담당했었다는 사실은 모른다. 생계 수단으로 중국집을 하느라고 자식에게 관심을 둘 시간적, 정신적 여유가 없는 화연의 부모는 천지의 일로 본인의 아이가 상처 입을 것만 염두에 두지 천지 엄마의 마음을 헤아리는 데는 인색하다. 화연도 화연의 부모도 선생님도 반 아이들도 죽은 아이가 불쌍하다고 여기지만 정작 왜 그렇게까지 했어야 할까를 헤아리고자 하지 않는다. 곪은 상처를 드러내는 것이 두렵기도 하고 그 고름이 자신에게 묻을까 겁나기 때문이다.

　공부도 잘하니까 스스로 잘 해나가리라고 믿는 선생님, 똑똑하니까 잘 적응해나가리라 믿는 엄마, 착하니까 잘 지내리라 믿는 언니를 둔 천지. 돈 버느라 바빠서 잘 못 봐주지만 예뻐하니까 사랑하는 줄 잘 알겠지 하고 믿는 아빠와 엄마. 정작 친구가 없어 외로워서 만만한 친구라도 두어 괴롭히는 것으로라도 친구를 엮어보려는 화연. 완전히 다른 것 같으면서도 외롭기만 한 두 아이는 비틀리게 만나 서로를 여는 방법을 몰랐을 뿐인데 그 결과는 너무나 참혹하다. 그들은 남을 죽일 만큼 악한 아이도 아니었고, 죽을 만큼 심약한 아이도 아니었다. 다만 재미삼아, 장난삼아 던진 날카로운 말이 상대의 연약한 가슴에 꽂히는 비수가 되어 피를 철철 흘리게 될 줄까지는 몰랐던 것이다. 상처 입기 쉬운 여린 시절에 만나, 한 아이는 죽음으로써 다른 한 아이는 살아남아 그 상처를 견뎌내야 하는 사이가 되고 만 것을 보면서 청소년기의 아이들을 얼마나 조심스럽게 관심을 가지고 지켜보아야 하는지 새삼 깨닫게 된다.

청소년기의 아이들이 영악해 보여도 그것이 사실은 외로움의 다른 모습이라는 것을 읽어낼 수 있어야 하고, 착하고 똑똑하게 보여도 사실은 얼마나 연약하고 서툰지 알아내야 하는 책임과 관심을 우리 기성세대들은 가져야 한다. 큰 꿈과 먼 미래를 향한 희망을 안겨주는 것도 중요하지만 지금 그들이 가슴에 안고 있는 불안과 방향을 알 수 없는 흔들림, 그리고 별거 아닌 것에 상처 입고 힘들어하는 것에 귀 기울이고 손 내밀어 줄 수 있는 사랑이 없다면 이런 어이없는 비극은 다시 되풀이될 수 있다는 것을 알아야 하리라. 속도감 있는 구성과 현장감 있는 대사의 《우아한 거짓말》은 천지를 멀리 보내고 또 하나의 왕따가 되어 힘겨워하는 화연에게 미움과 연민을 담은 천지의 언니인 만지가 내미는 손길을 마무리에 제시함으로써 지금 고통받고 있는 현실의 수많은 '천지'

와 '화연'에게 우리가 할 수 있는 일이 무엇인가를 보여준다.

"모두가 다 너를 위해서야"라고 하는 '우아한 거짓말'을 던져놓고는 아이를 사랑하고 있는 것이라 착각하며 정작 무심한 어른들에게 외로움과 두려움에 떨고 있는 그 누군가를 마지막까지 끈질기게 붙잡는 한 마디 "잘 지내니?"가 어떤 의미를 지니고 있는지 작가는 힘주어 말한다. 청소년들은 물론 청소년을 자녀로 둔 부모 그리고 가르치는 입장에 있는 어른들이 읽고 같이 머리 맞대고 해답을 찾으려고 애써야 할 숙제를 던져주는 작품이다.

무명을 밝히고자 티끌세상에서 연등은 빛을 발하고 있지만
내겐 그저 외로운 한 조각이다.
고고한 외로운 한 조각이 중생에게 생각을 깨우치게 해준다면
하룻밤 등은 제 몫을 다한 것이리라.

나 자신의 산을 만나다

김별아 《이 또한 지나가리라!》

요즘 심경을 한마디로 표현하자면 "이 또한 지나가리라"이다.
기쁨도 슬픔도 사랑도 이별도 또한 지나가리라 하고 마음을 다독
거린다.

착하기는 하나 정열과 치열한 집념이 없는 아들이 지난 해 겨우
흉내만 내면서 학원을 다니며 편입공부를 하더니 자기 성적에는
과한 학교에 올해 초 덜컥 붙었다. 원체 공부를 잘하지도 못하고
즐기지도 않는 녀석이었지만 어찌되었든 원하던 학교에 합격을 하
니 더없이 기뻤고 자기가 할 효도는 다 한 듯 더는 바라는 것이 없을
정도였다. 전공을 바꾸어서 편입을 하였는데 전번 전공보다 자신
의 취향에 더 맞는 것 같고 졸업 후 진로에도 더 좋은 것 같아서 정
말 다행이라고 생각하며 엄마인 나는 행복한 한 학기를 보냈다.

그러나 한 학기가 끝난 후 성적표가 날아온 다음 그동안의 행
복이 얼마나 허망한 것이었는지 또 얼마나 짧은 것이었는지 알게

되었다. 그동안 부모님이 너무 기뻐하셔서 차마 말을 하지 못했지만 바뀐 전공으로 수업을 따라가기가 자기 딴에는 너무 벅찼던 모양이었다. 학교 수준도 전번보다 높아져 힘든데다가 전공까지 바뀐 탓에 그리고 무엇보다 자신감의 결여가 성적표에 화려한 권총을 차게 하였나 보다. 잘하리라 기대는 하지 않았지만 그래도 권총을 찰 정도로 경고를 먹으리라고는 상상도 하지 못하였기에 너무나 기가 막히고 우울하였다. 신체조건상 세밀하고 정밀한 일을 업으로 하지는 못할 것 같고, 성격상 사교적이고 외향적이 아니어서 영업이나 경영 쪽도 맞지 않을 것 같고, 혼자서 성실하고 빈틈없이 주어진 일을 처리하는 일은 잘 해낼 수 있을 것 같아 지금 전공이 자기에게 딱 맞는다고 생각해 왔던 것인데 어려워서 도무지 따라가지 못하겠다고 하며 쌍권총을 차고 나타났다. 한 번도 수업에 빠진 적 없고 제일 앞자리에 앉아 열심히 들었지만 기초 개념도 잡히지 않고 모른다는 핑계로 열심히 공부도 하지 않은 탓에 그러한 결과를 가져오게 된 것 같다고 한다.

농땡이 부리지 않고 놀지도 않으면서 그러한 성적이 나오니 야단도 못치고 화도 나지 않고 걱정과 염려가 되어 잠을 잘 수가 없다. 어떻게 하는 것이 진짜로 아들을 위하는 길인가 여러모로 생각해보지만 뚜렷한 대안도 떠오르지 않는다. 능력 이상을 바라서 오히려 아들을 잡는 것이 아닌가 하는 반성과 대충 해서 적당한 결과만 바라던 아들에게 정신 차리게 하는 좋은 기회가 된 것은 아닐까 하는 생각이 동시에 든다. 그 어떤 것이든 나를 기준으로 다른 사람을 잡는 것이 되지 않게 바라고, 남 보기에 그럴듯한 학교나 직업 때문에 코너로 모는 것은 하지 않겠다고 생각을 가다듬는다. 좋게 여기던 일이 바로 그 좋게 여기던 것 때문에 힘든 일로 바뀔 수 있다는 것을 실감한다. 자기 능력에 맞게 그냥 두는 것이 더 나았을까 하는 생각도 들면서 힘들지만 그래도 좀더 나은 것을 위해 노력하고 힘든 것을 거쳐 나가야 하는 것이 아닐까 하는 생각도 함께 해본다. 내 일이라면 내가 노력하기에 따라 달라질 수 있지만 아들의 일은 내가 노력하는 것과는 별개로 흘러간다는 사실 때문에 더 무력감을 느낀다. 물론 "이 또한 지나가리라" 고 자꾸 되뇌기는 하지만 말이다. 처음 편입해서 "좋아하던 때가 이미 지나갔듯이 지금 힘들어하는 때도 또한 지나가리라" 하고 자신을 토닥거린다.

그러던 중 "김별아 치유의 산행"이라는 부제가 붙은 《이 또한 지나가리라》를 만나게 되었다. 폭이 넓고 긴 시간대의 역사를 섬세한 필치로 그려내고 있는 그의 소설을 늘 즐겨 읽던 나로서는 반가웠다. 아들의 학부모 모임에서 백두대간 산행에 동참하게 됨으로써 느꼈던 감정과 심리변화와 사이사이 자신의 쓰라렸던 상처를 헤집어 보이기도 하고 소독도 하면서 묵묵히 오르던 여정을 펼쳐 보여준다. 발 디딘 산의 지형과 거리를 참고로 보여주지만 산행일지가 아니라 부제가 말하듯이 산행을 통해 그려지던 본인의 심리지도가 펼쳐진다. '소아우울증'이 있었던 것은 아닐까 하고 자신의 어린 시절을 되돌아보기도 하고, "나는 언제나 승리 했기에 패배를 두려워하는 것이 아니라, 한 번도 삶과 제대로 맞 붙어 겨루어본 적이 없는 게 아닐까?"하고 자신의 자존감에 질문 을 던져보기도 한다. 바닥에 닿았다고 여기던 순간에 정호승의 시 〈바닥에 대하여〉를 읊으며 다시 일어서기도 하고 김재진의 〈풀〉을 인용해 상처는 향기를 만드는 것임을 깨닫기도 하고, 삶 의 짐이 바로 일어서는 힘이 됨을 오르면서 걸으면서 비로소 "내 게 감당하기 버거운 짐을 떠넘긴 사람은, 바로 나다"라는 사실을 알게 된다. 선배 경란 언니의 경우를 정신과 의사인 하지현을 통 해서 "용서는 정신분석학적으로 볼 때 매우 유용한 협상 전략 중 의 하나로 분노와 복수의 다른 표현이라는 맥락에서 이해할 필요 가 있다. … 그런 의미에서 용서는 복수, 능동적이며 건강하고 성 숙한 복수라고 할 수 있다"고 깨닫는다.

배탈이 나서 견딜 수 없는 산행을 하면서, 바위에서 미끄러질 뻔하다가 겨우 중심을 잡고 오르다가 마침내 기어이 포기할 수 없 는 것이 사랑이라는 것을 가슴에 담는다. 제대로 사랑을 주고받는 다면 제대로 이별할 수 있을 것이며, 제대로 사랑을 받아야 제대 로 사랑을 줄 줄도 아는 사람이 될 수 있는 것이라고 믿게 된다. 비 로소 산행을 통해 자신을 구원하고 자신을 지금까지 얽어매어 왔 던 것으로부터 자유를 얻는다. 그래서 그는 "Soon it shall also come to pass"를 떠올리면서 삶의 짐을 내려놓게 된다. 등에 무거운 배낭을 지고 기꺼이 산을 향해 오르는 길을 선택했고 그 고난이라면 고난의 길 속에서 자신이 그토록 찾아 헤매던 모습이 바로 자신을 진정으로 사랑하게 된 지금의 자신의 모습임을 여실히 깨닫게 된다. 그래서 "Better late than never"라고 당당하게 말한다.

산을 통해 자신의 내면과 만나게 된 이 글을 읽으며 힘겹지만 최선을 다해 무엇인가를 하다가 자신의 상처와 허물과 맞닥뜨리게 된 과정을 통해 치유할 수 있다면 그것 이상의 축복이 없을 것이라는 생각을 한다. 아이를 키우는 고난의 여정에서 (과장이 아니지만 여기서 다 풀어헤치고 싶지는 않다) 힘겨워하다가 김별아가 산행을 통해 자신을 만나고, 상처가 향기가 되고, 짐이 힘이 되는 것을 깨달았듯이 나 역시 내가 겪은 고통을 통해 힘을 얻고 상처를 치유해 나갈 것을 마음먹는다. 내가 살아 있는 한, 모든 것은 지나가고 말 것은 분명하니까. 자신의 앞에 놓여 있는 산을 오르는 사람이 될 것인가 오르지 않고 돌아가는 사람이 될 것인가는 오롯이 자신의 선택이다. 오르든 돌아가든 그냥 주저앉든 나는 이제 내 산을 사랑하게 될 것이라는 생각을 한다. 바로 그 속에 내 삶이 있다는 것을 한 권의 책을 읽으면서 알게 되었으니까.

마지막으로 박찬욱 감독의 말을 떠올린다.

"남에게 좀 바보처럼 보이면 어떠냐 하는 거죠."

다른 빛깔이긴 하지만
결코 빛나지 않은 무지개

김별아 《채홍》

왕이라는 태양이 빛나는 반대편에는 권력과 욕망과 사랑과 질투 등의 인간적인 감정들로 채색된 여인들의 무지개가 뜬다. 거기서 무지개란 뜻에서 제목으로 '채홍'이 정해지게 되었다고 작가 김별아는 밝힌다. 그러나 빛나는 태양 반대편에 서 있는 여인들만의 무지개는 갖가지 사연으로 다른 색깔을 띨 수는 있지만 결코 바깥으로 드러나 빛날 수 없는 비밀이라는 태생적 운명을 지니고 있다.

비밀이란 미꾸라지 천렵 같아서 비리쩍한 어죽보다 미끈둥미끈둥 놓치는 손맛이 더 좋은 법이다. —19쪽

비밀은 본디 칡넝쿨 같다. 불쑥 노근처럼 드러나 있는 뿌리를 파헤치노라면 구부렁구부렁 소나무를 휘감고 친친 참나무를 두른 넌출까지도 만나게 되는 것이다. 사람의 비밀도 매한가지로 비밀을 캐다보면 뜻밖의 치부가 드러나거나 예상치 못했던 상처를 덧낼 수 있다. —279쪽

알려지지 않아야 할 비밀의 실타래가 밝음 아래서 풀려지는 순간 주위에 튄 핏방울은 예상보다 훨씬 많은 법이고, 예상보다 크게 얽힌 덩어리가 끌려나오기 마련이다. 세종의 아들(이후 문종이 되는) 향의 둘째 비였던 순빈 봉 씨의 비밀도 역시 그러한 수순을 밟아 세상에 알려지게 되었고 비극적인 최후를 맞이하게 된다.

비교적 열린 집안에서 사랑받고 자란 '난'(순빈이 되기 전의 아명)이 왕세자빈으로 책봉되고 나서 어린 시절부터 금욕과 절제에 익숙해진 세자와 궁중에서 지내는 생활은 그녀가 꿈꾸던 부부간의 삶을 가져다주지 않는다. 세자는 어린 시절부터 자신의 충동을 억제하고 고통을 견디고 스스로를 조절하여 제한하는 데 익숙해져 차차 자신이 잘하다 못해 그것을 즐기는 일이 되어버릴 정도가 된다. 그러다보니 조정에서 성군으로는 '보이게' 되나 진실로 자신의 마음이 오고가는 사람관계는 경험하지 못하게 된다.

특히 여인과의 관계에서는 어떤 식으로 감정과 충동을 조절해

110

야 하는지를 모르게 되니 만백관 백성에게 사랑받는 세자가 되나 곁에 있는 한 사람에게 사랑받거나 사랑을 줄 줄 모르는 사람이 되고 만다. —167쪽

봉빈은 국모로서 풍위를 지켜낼 수 있는 정도의 배움과 집안도 갖추었으며 아름다움까지 함께 해 세자빈으로서 전혀 손색이 없을 정도였다. 그러나 세자는 부왕의 기대에 효성으로서 부응하고 학문으로서 조정의 기대에 부응하긴 하나 가례를 올린 첫날밤부터 신부에게 손을 안 댈 정도로 여인인 봉빈에겐 무심하였다.

봄처럼 살고 싶었다. 불안한 채로 간절하게, 남김없이 고스란히. 살아 사랑하고 싶었다. —130쪽

봉빈은 조바심, 그리움, 사랑의 갈망을 숨기지 않았다. 아니 숨길 수가 없었다. 그뿐이었다. 그런데 그런 솔직한 감정 모두를 부인의 도리에 부적합한 상스러운 일이라며 혐의하니 그녀에게는 사랑이 죄였다. 어질고 정숙한 왕세자빈에게는 아무래도 어울리지 않는 음악하고 파렴치한 범죄였다. —147쪽

봉빈은 정말로 외로움이 싫었다. 외로움은 언제나 낯설고 끊임없이 두려운 무엇이었다. 각별한 사랑과 관심을 받으며 자라

나 그렇게 외로움을 모르고 자랐기에 봉빈은 자신이 얼마나 외로움에 취약한지를 미처 알지 못했다. 누군가에게 외면당한 채 홀로 쓸쓸한 마음을 추슬러야 한다는 것이 그토록 눈앞이 새카매지고 발밑이 꺼질 듯하고 벼랑 끝에 까치발을 디고 선 기분인지 … 정면으로 맞닥뜨리고서야 알았다. ―163쪽

봉빈은 국사를 돌보느라고 바쁜 세자를 이해하고 현숙한 세자빈으로서 길을 걸으려고 애썼지만 차가운 밤을 홀로 밝히는 나날은 고통스러웠다. 자기보다 보잘것없는 후궁의 처소를 마음 편하게 찾는 세자를 보며 그들처럼 고분고분하게 낮아지려고 애써본다. 그러나

아무리 애를 써도 봉빈은 고분고분하고 나긋나긋하고 순순하고 싹싹한 몸종이나 충복이 될 수 없었다. 타고난 바탕과 성품이 그렇지 않을 뿐더러 사랑을 얻고자 거짓 시늉을 한다는 것 자체가 너무나 수치스럽고 모멸적이었다. 봉빈은 세자가 찾는 권 씨가 아니었다. 자신이 아닌 다른 어느 누구도 될 수 없었다.

―155쪽

자신이 아닌 다른 사람의 흉내를 내가면서까지 사랑을 구걸할 수는 없었다. 또한 사랑은 구걸해서도 안 되는 것이었다. 이루어

지지 않은 사랑 때문에 외로워서 그 외로움을 달랠 수 있는 방도로 술을 가까이 하게 된다.

아비의 죽음을 겪어내면서 봉빈은 삶에 대한 미련과 집착이 오히려 강해지는 것을 느꼈고 그것이 괴이한 쾌감으로 변질되면서 몸의 감각이 까닭모를 격정으로… 그리하여 마침내 낯설고 아득한… 가파른 욕망의 정점에서 한 아이의 사람 냄새 즉 살내에 비밀스럽고 치명적으로 빠져들고 만다. 그 순간으로부터 모든 것이 시작되고 만다. 절벽 아래는 무참한 파멸이 검은 아가리를 쩍 벌리고 기다리고 있음을 알고 있으면서도 사랑하고프며 사랑받고픈 소망은 죽음의 공포보다 더 큰 법이어서 차마 물러서거나 돌아서지 못하고 만다. —254쪽

유일하게 자신의 마음을 알아주고 다독거려 주던 아버지의 죽음과 만나면서 봉빈은 세자를 향하던 마음이 수없이 절벽에 부딪쳐 돌아오는 절망 때문에 파멸임을 알면서도 돌아설 수 없는 길로 발을 내딛고 만다. 너무나 외로워서 손을 잡아 주며 가슴을 어루만져 줄 사람이 필요했고 마침 그때 곁에 있던 사람이 나인, 소쌍이었을 뿐이었다. 그러나 소쌍이 이미 단지와 동성애관계에 놓여 있었다는 것을 몰랐던 봉빈은 잡지 말아야 할 끈을 잡고 만 셈이다.

사랑은 중독이다, 검푸르게 피어나는 분노와 내장을 태우고 녹이는 증오에 추억이 독살당한다. 사랑한 만큼 꼭 그만큼 맹렬하고 강해진다. —312쪽

사랑을 얻고자 하는 노력은 거짓 회임과 세자의 생일 선물을 옛것을 새것이라 속이는 데까지 이르게 되니 더 이상 임금과 중전으로부터도 신뢰와 보호를 받을 수 없게 되고 만다. 어디에도 손 내밀 수 없게 되고 발붙일 수 없게 되자 누구에게라도 기대고 싶어지고 만다. 바로 그때 곁에 있었던 소쌍에게 자신을 던져버리고 만다. 중독된 사랑은 걷잡을 수 없는 법. 사랑을 좇아 내리막 길을 향해 치닫는 봉빈을 기다리고 있는 것은 파멸밖에 없었다. 결국 폐빈이 되어 궁궐을 쫓겨나 사가에 돌아가게 된다. 계집과 계집과의 더러운 사랑을 나눴다는 가문의 수치와 오욕 때문에 오라비의 날선 칼날에 한 떨기 꽃처럼 스러지고 만다. 오라비의 "어찌 하다 그리되었느냐?"는 피맺힌 물음에

정녕 사랑이 죄라면 … 기꺼이 죄인이 되어야 마땅하지 않겠는가? —257쪽

내게 왜 그 아이를 사랑했느냐고 묻지 마세요. 그 아이를 사랑했다기보다 다만 사랑에 도취되었던 것이 아니냐고 따지지도 마

세요. 그건 오로지 음욕과 색정에 겨워 그 아이를 취했다는 비방과 다를 바가 없습니다. 그저 어쩔 수 없는 사랑이었을 뿐이에요. 피해 도망칠 수 없기에 기꺼이 감당하고자 했던 인연이었을 뿐이에요. —316쪽

"사랑은 기록되는 것이 아니라 기억되는 것입니다. 사랑했던 각자의 기억으로, 제각각 다른 빛깔로 … 사랑이 죄가 된다면, 기꺼이 사랑으로 죽으리라"고 혼잣말을 하면서 한 많은 삶을 내려놓는다.

눅눅하고 애절한 사랑의 기억인 한 편의 서사를 읽으면서 사랑을 찾아 헤매다가 죽음으로 마무리한 불쌍한 순빈 봉 씨에게 정말 그것이 사랑이었을까? 라고 묻고 싶다. 외로움에 지친 나머지 누구여도 좋은 몸과 마음의 나눔이 아니었을까? 라고 묻고 싶다. 차라리 소쌍과 그의 연인이라 할 수 있는 나인 단지의 사랑은 진짜 사랑이었을 수도 있겠다는 생각을 해본다. 마음까지 한마음이었으니 말이다. 그러나 세자빈과 나인의 사랑은 사랑이 아니라 어쩔 수 없는 욕망의 탈출구였으며 피할 수 없는 불구덩이가 아니었을까? 그녀가 세자에게서 받고 싶었던 사랑을 그저 대신하는 그 무엇에 지나지 않는 것임에도 불구하고 세자빈 봉 씨는 "사랑하고 보니 단지 사내가 아니라 계집이었을 뿐입니다"라고 변명하며 착각하는 것은 아닐까? 아니 차라리 소쌍에게 물어볼 일이다. 정녕 그녀도 그렇게 여기는지 말이다.

아무튼 권력과 명예보다 사랑에 너무나 많은 것을 걸었던 순빈 봉 씨에게 애도를 표한다.

경계가 없으면 포기도 없다

필립 베송 《포기의 순간》

마지막 책장을 덮자마자 다시 읽기 시작한 소설, 필립 베송의 《포기의 순간》.

　간결한 문장과 짧은 호흡으로 인간 내면의 어둠과 솔직함과 강인함을 펼쳐내는 작가의 필력에 끌려가듯이 읽어 내려가게 된다.

　어린 시절 다리를 다쳐 살짝 절게 된 토머스 셰퍼드는 영국 변방 해변가인 팰머스에서 그림자처럼 살다가 한 여자를 알게 되고 결혼하고 아이를 낳고 습관처럼 결혼생활을 해나간다. 그러다가 기다리지만 생기지 않는 둘째를 원하는 아내를 위해 병원에 들렀다가 의사를 통해 자신이 불임이라는 진실과 만나게 되고 자신의 생물학적 아들은 아니나 이미 자신의 법적 아들인 첫째아이를 사이에 두고 아내인 메리앤과의 결혼 생활에 차츰 물이 새기 시작한다. 작은 물방울이 맺히기 시작할 때 차라리 털어놓았더라면 더 이상의 불행으로 이어지지는 않았을지도 모른다. 그러나 토머스는 비겁할 권리에 손을 들고 만다. 그러나 자신이 아들의 아버지가 아니라는 진실 자체를 아는 이상 모른 척하기는 쉽지 않은 법이다.

진실은 늘 불편한 법이다. 불편한 것이 늘 위험한 것은 아니지만 특정 상황에서는 예기치 않은 위협이 되기도 한다. 일기가 고르지 않은 날, 토머스는 아들을 데리고 바다로 나가고 불화의 순간을 끝장내고 싶은 유혹에 시달린다. 그러나 그건 저질러버리고 싶은 갈망이었지 행동에까지 미친 진실은 아니다. 그러나 그 과정이 다른 사람에게까지 제대로 전달되지는 않는 법이다. 순간적인 사고로 아이는 배 위에서 미끄러져 죽음을 맞이하게 되고 당황스런 나머지 그 아이의 주검을 바다에 던짐으로써 수장(水葬)으로 완성하고 마는 토머스에게 안겨진 것은 아들을 과실치사로 이끈 패륜의 아버지란 죄인의 낙인뿐이다.

모호한 결혼생활에 확실한 종지부를 찍게 된 것을 오히려 감사해하며 기꺼이 감옥생활을 택한 토머스는 팰머스라는 자신의 거점의 중심부에서 밀려나게 된다. 5년의 감옥생활을 끝내고 마을 사람들의 온갖 빈정거림과 멸시 속에서 그는 다시 팰머스로 돌아온다. 진실이 무엇이든 마을의 안녕을 건드리는 소문을 귀찮아하는 사람들에 의해서 그는 투명인간이 되고 만다. 진실과 상관없이 투명인간이 되어버린 다른 두 사람, 이방인으로서 영국에서의 삶을 살아야 하는 파키스탄인 라지브와 미혼모 베티와 함께 중심부에서 밀려나 변방에서 세상의 편견과 소외에 억눌려 있는 사람들의 처지가 된 토머스. 상처 입은 사람만이 같은 상처의 냄새를 맡을 수 있고 그를 향해 손을 내미는 법이다. 자국민이 아니라는 이유로 추방당해 런던을 떠나 팰머스로 와야만 했던 힘겨운 자신의 과거에 대해 아무런 언급 없이 차를 권하며 모든 이야기를 들어주던 라지브, 미혼모로서의 경멸과 수치스러움을 일상복처럼 입고 다니다가 처음으로 아무것도 경계하지 않아도 되는 남자를 만났다고 손 내미는 베티를 보며 토머스는 또 한 번 포기의 순간을 만난다. 아무런 일이 없었던 것처럼 그냥 주저앉아서 '없는 인간'처럼 살아버릴까 하는 유혹을 받는다.

그러나 토머스는 불의의 사고를 통해 자신이 진정 원하는 것이 무엇인지 알게 되고 만다. 감옥에서 만난 '루크'란 한 인물을 통해 자신이 진정 원하는 삶을 살아버리고픈 강렬한 바람을 억제하지 못한다. 석연치 않은 결혼을 통해 습관처럼 불편하게 살아왔던 과거와는 달리 자신의 의지로 확신을 가지고 선택한 사랑이자 삶의 부표인 '루크'를 택하기 위해 자신에게 다가온 베티라는 익숙한 선택을 포기하고 만다. 흔히 사람들이 중심부라 여기는 경계를 뛰어넘어 가장자리일 수도 있는 저편으로 넘어가는 험난한 선택을 한다. 그것이 비록 추방되고 더럽혀진 자들의 것이라고 손가락질 당하더라도 다른 사람들의 비난이 자신의 삶을 손상시키지는 못할 것이라는 것을 이제는 알게 되었으니까 말이다.

119

"중심과 명확한 것을 경계한다"는 토머스의 말은 시사하는 바가 크다. 중심과 명확한 것은 가장자리와 언저리를 수용하고 인정하지 않는다는 의미일 것이다. 다수의 삶의 중심에서 밀려난 토머스와 라지브, 베티 그리고 루크는 언저리에서 맴돌며 살 수밖에 없다. 그러나 그렇게 사는 것이 전부라고 여기며 체념하고 사는 라지브와 베티를 두고 토머스는 루크와 자신들만의 중심부에 다가가기로 마음먹는다. 다른 사람의 중심부에서 밀려난 것으로 여기지 않고 아예 경계를 뛰어넘어 경계 없는 자신들의 세계에서 살기로 한 것이다.

자신의 삶 속에서 진정한 자유를 찾는 여정은 너무나 험난한가 보다. 한 남자의, 불행해 보이지만 끝내 자신을 찾아 행복하다고 여기는 삶의 발자국을 더듬어 보는 시간은 짧게 행복했다. 순간순간 포기하며 선택해야 하는 삶의 길목에서 만난 외롭고도 강인한 한 남자에게 위로와 부러움과 두려움을 함께 느낀다.

행복은 '명사'가 아닌 '동사'이다

김화영 《행복의 충격》

이십 대에 읽어보았으면 좋았을 듯한 책이라는 생각이 김화영의 《행복의 충격》을 접할 때 처음 드는 생각이다. 젊음의 방황과 여행이 주는 혼돈 속의 아늑함이 빛바랜 추억 속의 흑백사진인 양 잔잔한 그리움으로 밀려드는 것을 주체할 수 없다.

김화영의 글 속에 등장하는, 아직 한 번도 가보지 못한 프로방스와 베네치아는 전혜린의 글 속에 등장하는 독일의 슈바빙 거리만큼이나 심리적 거리로는 가깝다. 머릿속에서 수없이 걸어본 이국의 골목과 언덕에서 낯익은 김화영과 전혜린을 조우하곤 한다. 이미 그들은 이 세상을 떠났거나 나이 든 이가 되어 있는데도 불구하고 읽는 이의 가슴에는 여전히 청춘의 불씨를 지필 수 있는 '무엇'으로 다가온다.

젊음의 시절에 혼돈과 방황을 통해 겪어내야 하는 '떠남'이 비즈니스화되고 경영되는 오늘날의 세태를 꼬집으면서 그러한 문화가 가능했던 그 시절의 향수를 그리워하게 만든다. 무작정 '떠남'이 주었던 '행복의 충격'이 얼마나 젊은 날의 감성에 문신이 되어 주었는지를 잔잔하게 그려낸다. 젊은 날의 행복은 '명사'가 아니라 '동사'임을 각인시켜 준다고나 할까? 생존이 우선인 현실에서는 이러한 방황이 사치라고 여겨지는 것 같아 씁쓸하고 안타깝기만 하다.

김화영의 글은 찬란한 비유, 현란한 수식과 감각적인 어휘가 뿜어내는 어지러움으로 때론 책을 잡는 손걸음을 멈추게 하지만 가슴 깊숙이 한 번쯤 느껴 보았을 감성의 덩어리를 건드리는 데는 탁월하다. 그런 면에서 지금보다 좀더 젊었을 시절에 읽었더라면 더 행복해했을 글이 아니었나 하는 생각이 드는 것이다. 한편 글을 읽는 동안에 장 그르니에의 《일상적인 삶》을 읽고 있는 게 아닌가 하는 착각을 수시로 할 만큼 그의 감각적이고 철학적인 냄새를 맡는 느낌이 든다.

물리적 거리와 시간적 차이로 이 세상에서 만날 수 없는 만남이 많지만 글을 통하여 이들과의 조우가 가능할 수 있다는 데서 행복함을 느낀다. 비록 장 그르니에와 김화영을 개인적으로 만날수는 없어도, 프로방스와 베네치아에 가보지는 못했어도 그 사람들을 만난 사람보다 그곳에 가본 사람보다 더 친근하게 느끼고 설레는 마음을 가질 수 있음에 잠시나마 읽는 이 역시 '행복의 충격'에 빠질 수 있음에 행복하다.

그래도 사람이 기댈 언덕이다

윤영수 《귀가도》

액션물이나 스릴러물은 현실보다 조금 더 과장되었거나 극단적인 면을 부각시켜 소설이나 영화를 볼 때 무섭고 불편한 장면이 나오면 '이건 극적인 효과를 얻기 위해 장치한 상황이니까 그냥 잠시 무섭거나 웃어넘기면 돼'하고 스스로에게 암시를 걸기 때문에 그 상황이 끝나면 오히려 부담 없이 툭툭 털어버릴 수 있다. 그러기에 다음에 또 그러한 장르를 재미있어 하면서 조금은 즐겨가며 볼 수도 있다. 정작 더 무서운 것은 바로 윤영수의 6편의 단편소설이 담긴 《귀가도》 같은 소설에 등장하는 현실이다.

이 소설에서는 화려한 수사를 동반한 폭력도 별로 등장하지 않고 욕설도 난무하지 않고 잔인한 장면도 없이 착하디착한 사람이 주인공으로 등장한다. 착하다 못해 못난 사람이 주인공인 경우가 많다. 〈귀가도〉의 '석형', 'ㅈ', 목사 사모인 '나', 〈문단속을 제대로 하지 않으면〉의 '유순봉', 〈떠나지 말아요, 오동나무〉의 '혜순', 〈바닷속의 거대한 산맥〉의 '현희'. 이들의 공통점은 상처를 가슴에 안고 살아가지만 자기 목소리를 제대로 내지 못하고 상대방의 기분을 먼저 살피며 그에 맞추어 자기를 죽여 간다는 것이다. 곁에 있는 사람들이 보기에는 한없이 착하고 열심이고 부당한 대우에 대들지 못하는 사람들이 그 대신 다른 곳에 자신의 아픔을 투사한다. 지극히 현실적이고 또 피할 수 없는 상황이기에 사실은 호러물을 보는 것보다 더 무섭다. 힘없고 착하고 소심한 사람 누구에게나 닥칠 수 있는 현실이기에 나는 이런 것이 훨씬 더 무섭고 참담하게 느껴진다.

〈귀가도 1〉에서 '석형'은 따돌림당하던 자신을 자기 집에서 기르던 잉어에 투사한다. 자신의 의지와 상관없이 누군가에 의해 조종당하는 삶을 살고 있다는 점에서 자기를 잉어와 동일시한다. 잉어의 몸짓에 자신의 말을 맞추어 마치 잉어가 말을 잘 알아듣고 움직이는 것처럼 하여 매스컴에 출연한다. 그는 나름대로 유명세를 타지만 많은 사람들이 보는 가운데 자신의 말을 잘 알아듣는 것처럼 보이는 잉어에게 수조에서 빠져나와 용감히 죽을 기회를 제공한다. 누구에게라도 인정받고 싶었던 심경을 잉어에게 투사하나 잉어가 수조를 벗어날 수 없다는 사실을 인정하면서 사실 자신이 그렇게 하고 싶었던 과감한 마무리를 잉어를 통해 보여준다.

〈귀가도 3〉에서 남편과 차를 타고 가다가 교통사고로 시력을 잃게 된 딸은 혼자 힘으로 일어서 보려고 몸부림쳐보지만, 결국 저수지에서 싸늘한 주검으로 발견된다. 그 이후 신을 향해 밤새 위 하던 기도도, 사람을 향한 말도 없어진 남편을 바라보며 목사 사모로서 의연하게 행동했던 자신의 껍질을 벗어버린 '나'는 딸의 죽음에 관한 주변의 끔찍하고 역겨운 말들의 칼질에 휘청댄다. 그 아픔을 자신보다 더 괴로울 남편과 아들에게 투사하여 '새로운 검은 저수지'로 채찍질하며 몰아낸다.

〈문단속을 제대로 하지 않으면〉은 마음이 너무 아파서 한꺼번에 다 읽어낼 수가 없는 작품이다. 언젠가 텔레비전에서 나온 SOS 솔루션이라는 프로그램에서 보고는 가슴이 막혀 힘들었던 적이 있는데 바로 그 프로그램에서 소재를 선택한 소설이다. 주인공인 유순봉은 사회적으로는 조금 모자라다고 평가받을 수 있는 지나치게 착한 인물인데 깍두기 머리를 한 기천웅이 어렵게 사는 자기 집에 쳐들어와 주인행세를 하면서 사는 상황을 한마디 말도 못하고 견뎌낸다. 보다 못한 동서가 TV에 신고하여 사회적 도움을 구하려고 해 피디와 촬영작가가 취재를 나온다. 기천웅이 모자란 유순봉을 이용해 자기가 하고자 하는 바를 누리려는 것을 고발하려는 것이 원래 의도이지만 피디는 시청자에게 보여주고자 하는 것에 초점을 맞추려고 하지 유순봉의 입장과 실질적인 심정적 도움에는 외면하는 태도를 보인다. "얼굴이나 하는 일은 다르지만 자신이 얻고자 하는 것은 무슨 일이 있어도 손에 쥐고 마는, 강한 인간"이라고 기천웅과 피디를 같게 생각하는 유순봉의 혼잣

말을 통해 매체 종사자의 공익을 위한 방송이 약자인 당사자의 입장을 얼마나 고려했는가를 반문하게 만든다.

〈떠나지 말아요, 오동나무〉의 혜순은 외도하는 남편인 김명구와 치매에 걸린 시어머니를 모시고 산다. "죽는 날까지 남녀합궁을 즐기는 것이 자신의 목표"라고 거침없이 말하는 김명구를 견뎌내는 방법은 치매에 걸린 시어머니를 모시며 환상 속에 있는 성호오빠에게 편지를 쓰는 것뿐이다. 명구는 비록 자신은 끊임없이 외도를 하지만 혜순의 일기장에서 발견한 성호오빠를 향한 연서를 보고는 폭력을 행사하고 자신의 외도가 다른 사람을 가슴에 품은 아내 때문이었다는 핑곗거리를 만든다. 아내를 사랑하는 사람에게 보내주는 멋진 남자의 폼을 잡으려고 하다가 가정의 안녕을 위해 모든 허물을 덮고 살아야 했던 비운의 남자로 자신을 각색하고는 가족을 위해 현재의 울타리를 지키는 것이 최선이라고 가장하고 만다. 그것이 자신이 하던 식으로 살기에 가장 유리하니까.

〈바닷속의 거대한 산맥〉의 현희는 부모님 집을 나와 인사동에서 작은 옷집을 한다. 동생 현준은 고등학생 때 폭력사건에 휘말린 피해자인데, 당시 친구가 죽었을 때 아버지가 돈을 받고 일방적으로 합의하는 바람에 충격을 받아 자기 방에만 틀어박혀 지내게 된다. 이런 동생의 아픔과 고통을 이해하지 않는 부모를 견디지 못하고 현희는 밖으로 나돈다. 부모의 이기심과 몰지각한 처사에 아들은 안으로만 처박히고 딸은 밖으로만 돌게 되는 상황을 보여준다.

'석형'이나 '유순봉'이나 '혜순'이나 '현희' 모두 우리 주변에 흔히 있을 수 있는 사람이다. 지나치게 못난 사람도 아니고 삐딱한 사람도 아니고 예민한 사람도 아니다. 아주 평범한 사람들이다. 그러한 사람들이 매일 겪어내야 하는 현실이 윤영수의 《귀가도》에 소설다운 수사 없이 날것 그대로 드러나 있다. 그런 면에서 소설 제목이 《귀가도》인 것은 아주 상징적이다. "그게 삶이든 죽음이든 집으로 돌아가지 않는 사람은 없다. 인생이라는 행로에서 매일매일 저마다의 '집'을 향해 가는 우리들의 귀갓길, 그 귀가 풍경"이라는 부제가 모든 것을 압축해 보여준다.

윤영수는 그래도 이 말을 하고 싶어 귀갓길을 우리에게 보여주고자 하지 않았나 한다. 〈귀가도 1〉에서 나의 어머니를 통해, 〈바닷속의 거대한 산맥〉에 나오는 은주를 통해, 〈귀가도 3〉에서 목사 사모인 나에게 말을 걸어준 미용사 지망 아가씨를 통해, 사소한 몸짓, 따뜻한 말 한마디, 다만 곁에 있어주기가 남루한 삶을 지탱하는 데 가장 요긴하다는 것을. "사람의 체온이 없는 문밖은 어둡고 춥고 쓸쓸하다"라는 마지막 문장이 윤영수 소설의 고갱이이다.

다른 색깔의 사랑

김별아 《논개》

논개는 조선을 왜란에서 구하기 위해 왜장을 끌어안고 진주 남
강에 몸을 던진 기생으로 알려져 있다. 이렇게 알려져 있던 논개
를 다른 사람으로 부활시켜 역사 속에서 그녀의 사랑과 진심과 구
국의 열정을 되살려 놓은 작품이 김별아의 《논개》이다. 김별아는
지금을 살고 있는 현실에서 인물창조를 통한 세계를 구축하기보
다 역사 속의 인물들에게 새로운 역할을 부여함으로써 생생한 생
명력을 살려내는 작업을 계속하고 있다. 《열애》, 《미실》, 《백
범》, 《논개》 등을 통해서 과거를 살았던 인물들이 그 시대를 헤
쳐 나오면서 겪은 고통과 뜨거운 사랑의 열정, 시대와의 불화를
생생하게 그려냄으로써 현재를 살고 있는 우리들에게 삶과 죽음
의 의미, 사랑과 배신의 기쁨과 아픔, 이념의 허망과 순수함을 감
각적으로 보여준다.

　　나라를 구하려는 구국일념의 화신으로 알려져 있던 논개를 사

랑하는 사람의 뜻을 자기 몸을 바쳐서라도 이루려는 순정의 여인으로 재탄생시킨다. 역사 속에서 박제된 우국충절의 영웅으로 기려지기보다 한없는 사랑과 정열과 좌절을 겪어낸 굴곡 많은, 그러나 자기 자신을 온전하게 사랑한 결기 곧은 한 여인으로 다시 태어나게 한다. 사연 많은 출생서부터 간난한 삶을 이어와야 했던 운명의 회오리 속에서 경상우도 병마절도사 최경회의 후처(정식 혼약을 맺은 것은 아니니 첩실이라고 해야 하나?)가 되기까지의 신산한 삶을 때론 격정적으로 때론 담담한 필치로 그려낸다.

　병마절도사 최경회의 인물됨과 임진왜란의 참상을 굵은 선으로 그려내면서도 논개의 정과 뜻을 그리는 부분에서는 섬세하게 감성적으로 표현한다. 담담하고 올곧고 속 깊은 성정을 지닌 최경회와 너그럽고 다른 사람의 세정을 알아주면서도 자신을 향한 채찍은 날 서게 세우는 논개의 사랑은 보통 사람들의 염정에 머물지 않고 더 깊고 더 넓은 곳으로까지 뻗어 나간다. 개인의 사사로운 감정보다 나라를 위하는 선비의 우국충정이 우선시되던 그 시대에 최경회는 왜군이 항전하던 진주성까지 쳐들어오자 더럽게 죽을 수 없다고 자결로 깨끗이 생을 마감하고 만다. 자신을 아껴주고 알아주던 사람의 뜻을 받드는 것이 진정한 사랑이라고 여긴 논개는 관기로 변장을 하고 왜장인 게야무라 로구스케를 유혹하여 껴안고 바위 위에서 몸을 날려 죽음에 입맞춤하고 만다.

　사랑의 색깔을 딱히 이것과 저것으로 구분해낼 수는 없겠으나 최경회의 사랑은 나라를 염려하고 백성을 구하는 것이 우선이었으며 논개를 향한 사랑은 연민과 시혜에 그치는 푸른 사랑이라고 본다면 논개의 사랑은 자신을 알아주는 사람의 뜻을 뜨겁게 받드는 것이 사랑을 완성하는 것이라 믿는 붉은 사랑이라고 볼 수 있다. 날카롭고 차가운 푸른 사랑과 부드럽고 뜨거운 붉은 사랑이 만난 진주 남강은 몇백 년이 지나도 변함없이 흐르고 있건만 지금 우리는 기억하고픈 쪽으로 변형하여 역사를 기록하고 가슴에 담고 있는 것은 아닌지 모를 일이다.

망각만이 잘못을 대신한다

밀란 쿤데라 《농담》

진지했으나 유치했고 순수했으나 열정만 있었지 상대를 향한 깊은 이해나 관용은 없었던 젊은 날의 치기 어린 사랑과, 삐걱대는 바퀴 위에서 굴러가는 역사에 대한 섬세하고도 깊은 성찰을 담은 소설이 밀란 쿤데라의 《농담》이다. 당에서 실시하는 여름 캠프에 참가하는 여자친구인 마르케타에게 삐딱하게 보임으로써 조금 잘난 척해 보이고자 하는 한 젊은이의 농담이 역사의 격랑 속에서 수용되지 못하고 개인의 인생을 철저하게 바꾸어 놓게 되는 과정을 관계되는 사람 각자의 시각에서 접근한다.

대학생인 루드빅은 "낙관주의는 인류의 아편이다! 건전한 정신은 어리석음의 악취를 풍긴다. 트로츠키 만세! 루드빅"이라고 장난삼아 엽서를 써 관심 가는 마르케타에게 보내나 당에서 알게 되어 당위원장인 제마넥에게 출당을 선고받고 탄광수용소로 쫓겨난다. 그곳에서 순수한 영혼으로 자신의 가슴을 울리는 루치에를 만나지만 그녀는 성폭행당한 후 상처를 간직한 채 영혼의 사랑은 가능하나 몸으로까지 이어지는 사랑은 차마 받아들이지 못한다.

코스트카는 대학생 때 루드빅과 알고 지내던 사이로 종교적 신앙이 깊다. 정치적 사상 때문에 학교에서 추방당할 위험에 처한 루드빅에게 우호적인 발언을 하여서 결과적으로 학교에서 그 역시 추방당해 국영농장 기술전문노동자가 된다. 그의 아내는 가족의 미래를 위해 안정된 직장을 다니며 소신을 접을 것을 호소하지만 그는 자신의 내면에서 "내일 일을 걱정하지 말라. 내일은 내일 스스로가 맡을 것이니. 그날의 괴로움은 그날로 족하다"라고 속삭이는 말을 듣고 자신에게 주어진 길을 향해 기꺼이 떠난다. 그곳에서 루치에를 만나게 되고 상담을 하다가 그녀의 과거를 알게 되며 자신이 그녀에게 친절하게 대함으로써 그녀가 몸과 마음을 열게 되자 본래의 의도와는 다르게 순수성을 더럽혔다는 자책을 하게 된다. 상담을 통해 그녀의 영혼을 달래주는 역할을 하려고 했으나 결과적으로 그녀를 괴롭히던 남자들의 행위와 다를 바 없이 남자로서 접근하게 된 것 같아 루치에에게 죄책감을 느끼고 떠난다.

헬레나는 루드빅을 당에서 축출하게 한 제마넥의 아내로서 방송관련 일을 하다가 루드빅을 만나게 된다. 루드빅은 자신을 절망의 상태로 몰아넣은 장본인인 제마넥에게 복수하는 심정으로 그의 아내인 헬레나에게 의도적으로 접근하여 유혹한다. 그것도 모르고 헬레나는 루드빅에게 무너져가는 자신을 느끼고 그러한 자신을 두려워한다. 그녀는 여전히 남편의 사랑과 관심을 갈구하나 그 빈자리에 루드빅을 세워둠으로써 허허로움을 대리 충족하려고 한다. 자신의 삶이 환경에 의해 토막 나는 것을 원하지 않는다고 다짐하지만 스스로가 파놓은 함정에 서서히 무너져간다. "남자는 여자에게 무엇이든 원할 수 있기는 하지만 그 여자가 자신의 가장 뿌리 깊은 환상들에 맞추어 행동할 수 있도록 해주어야 하는 것"이라는 생각으로 의도적 접근하는 루드빅을 눈치 채지 못하고 육욕의 함정에 빠지게 됨으로써 스스로 파멸을 향해 걸어가고 만다.

"나는 정말 누구였을까? 이 질문에 대해 나는 아주 정직하게 답하고 싶다"고 수없이 자문하는 루드빅을 보면서 역사의 수레바퀴 속에서 개인의 '자아찾기'는 끊임없이 되풀이되는 명제임을 알 수 있다. "우리는 역사라는 말 위에 올라탔다는 데 취했고, 우리 엉덩이 밑에 말의 몸을 느꼈다는 데 취해 있었다. 대부분의 경우 그것은 결국 추악한 권력에의 탐욕으로 변해 버리고 마는 것이었지만 거기에는 아름다운 환상이 있었다. 사람이 이제 역사의 바깥에 머물러 있거나 역사의 말굽 아래 있는 것이 아니고 오히려 역사를 이끌어나가고 만들어나가는 그런 시대를 우리, 바로 우리가 여는 것이라는 그런 환상이 있었다"고 고백하는 루드빅의 말에서 도도한 역사의 흐름 속에서 비틀거리며 도취되는 젊은이의 모습을 정확하게 조명해 보여준다. 또한 개인의 농담이 역사의 실수 속에서 소용돌이치는 현실, 그 속에서 개인이 자아를 찾고 형성해가며 겪어야 하는 일상을 무겁고 세밀하게 그리고 있다.

역사, 정체성, 사랑의 격랑 속에서 흔들리며 살아가는 개인들의 일상에 세심하게 접근한 《농담》은 사실 슬픈 이야기이다. 다음에 인용하는 구절로 그 이유를 대신한다.

대부분의 사람들은 두 가지 헛된 믿음에 빠져있다. 기억의 (사물, 사람, 행위, 민족 등에 대한) 영속성에 대한 믿음과 (행위, 실수, 죄, 잘못 등을) 고쳐볼 수 있다는 가능성에 대한 믿음이 그것이다. 이것은 둘 다 마찬가지로 잘못된 믿음이다. 진실은 오히려 정반대이다. 모든 것은 잊혀지고, 고쳐지는 것은 아무것도 없다. 무엇을 (복수에 의해서 그리고 용서에 의해서) 고친다는 일은 망각이 담당할 것이다. 그 누구도 이미 저질러진 잘못을 고치지 못하겠지만 모든 잘못이 잊혀질 것이다.

아무런 말이 필요 없다.
적막한 아름다움이 정제되어 멈추었다.

마치 저 속에 들어가면 누군가의 사랑이 될 것만 같다.

가슴에 묻은 사랑

권비영 《덕혜옹주》

시간과 공간의 영향을 받지 않는 사람은 없을 것이다. 태어난 상황에 따라 인력으로 어찌할 수 없는 인연의 그물망 속에서 누구나 살아가게 되며 그 속에서 자신의 정체성을 형성하게 된다. 물론 타고난 기질과 성향이 그 인물의 삶을 좌우하게 되나 살아가는 시대적 상황이 한 인간의 운명을 전폭적으로 방향선회하게 하는 것은 부인할 수 없는 일일 게다.

기울어 가는 국운의 마지막 기운을 타고 태어난 한 여인. 태어날 때 그 누구보다도 많은 사랑과 관심을 받았으나 시대적 불운을 뛰어넘을 수 없어 굴곡진 삶을 걸어가야 했던 여인. 여염집 여인이라 해도 시대적 흐름에서 벗어날 수 없건만 황실의 옹주로 태어나 불행한 나라의 역사의 그늘을 있는 그대로 받아들일 수밖에 없었던 여인. 바로 그녀가 덕혜옹주이다. 아무리 그녀가 명민하고 올곧은 품성을 타고났다 하더라도 그녀에게 허락된 것은 강요된 볼

모로서의 일본행. 대마군주의 양아들과의 강압에 의한 결혼뿐인 운명 앞에서 그녀가 할 수 있었던 것은 아무것도 없었을 것이다.

아버지인 고종의 넘치는 사랑도 일곱 살에 고종의 갑작스런 승하로 끝이 나고, 열세 살에 오빠인 영친왕이 볼모로 잡혀 있는 일본으로 강제적 이송을 당해 일본인도 조선인도 아닌 국적 불명의 인간으로서의 삶이 이어질 때 이미 그녀의 정체성은 혼란스럽기 그지없었을 것이다. 이를 악물고 자기의 삶을 지켜가려고 애써도 열아홉 살에 대마도 군주의 양아들과의 강제 결혼에 이르러서는 더 이상 물러설 곳이 없고 만다.

사랑 없는 결혼에서도 남녀의 결합에서는 아이가 생기기 마련이고 정혜(마사에)라는 딸이 태어나자 덕혜옹주의 삶은 더 깊은 수렁으로 빠지고 만다. 자기의 불행이 자신의 대에서 끝나지 않고 또 대를 이어 딸에게까지 이어지게 된 슬픔에 정신줄을 놓고 만다. 남편인 다케유키가 조선의 황녀인 아내를 이해하려는 노력은 덕혜옹주의 상처를 치유하기에는 역부족이었고, 딸인 정혜가 겪는 정체성의 혼란을 다독거려 주기에는 덕혜옹주의 상처가 너무 깊고 견고했다. 그 결과 세 사람의 운명은 서로 다른 파국을 향해 치닫는 비극의 바퀴 같다. 한 바퀴는 뒷이야기를 알 수 없는 재혼이라는 곳으로 흘러가고, 다른 바퀴는 결혼 뒤 자살이라는 끔찍함으로 마감되고, 또 다른 한 바퀴는 정신병원을 전전하다가 환국해서 무심하게 흩어지다가 멈추고….

소설적 장치로 덕혜옹주와의 애달픈, 그러면서도 마음에 담고 있을 뿐이지 한 번도 겉으로 표현하지 못할 사랑의 대상으로 박무영이 그려지는데 이루어지지 않은 사랑이지만 이 사랑마저 없었으면 삶이 너무나 덧없는 꿈같아서 어쩔 뻔했나 싶다. 이것이 사실이든 아니든 한 많은 시대를 한 많게 살았던 한 여인이자 한 국가의 황손으로서의 삶을 살아야만 했던 한 인간에 대한 애정을 이렇게라도 풀어내었던 것이 그나마 읽는 이를 위로해 준다.

역사를 소재로 하는 소설은 역사적 사실에서 완전하게 벗어날 수 없는 운명을 지니고 있을 것이다. 그러나 그 시대를 살아가야 했던 인간에게 인간다운 고뇌와 아픔 그리고 혼란을 생생하게 그리기 위해서는 허구의 장치를 빌려오지 않을 수 없다. 그 세계를 어떻게 그려내느냐가 작가의 역량이리라. 그런 면에서 불행한 삶을 살다간 덕혜옹주를 이 시대에 살아있는 인물로 다시 살려낸 공신은 박무영이다. 그가 아니었다면 덕혜옹주는 단지 비극적 삶을 살다간 역사의 수많은 여인 중 하나에 그치고 말았을지도 모른다. "사랑한다면 잊어야 한다. 그러나 잊는다 해도 온전히 잊혀지지는 않는 법이다. 가슴 속에 살아 있으면 언젠가 다시 불러들일 수 있다"를 되뇌면서 목숨을 걸고 옹주의 환국을 도왔던 박무영. 아니 김장한의 가없는 사랑을 덕혜옹주는 알고나 있을까? 파란만장했던 여인의 삶이 역사적 사실처럼 비극으로 끝난 것만은 아니었다는 안도감에 가슴을 쓸어내리면서 책장을 덮는다.

삶의 길목에서

공지영 《맨발로 글목을 돌다》

공지영의 《맨발로 글목을 돌다》를 읽고 나서 평소에 내가 알던 공지영과 다소 다르다는 생각을 하게 된다. 공지영은 베스트셀러 작가로도 잘 알려져 있지만 또한 안티가 많은 작가이기도 하다. 대중에게는 그중 특히 여성들에게는 상당히 쿨한 사람으로 알려져 있는 반면 작품을 읽어보지 않은 독자들에게나 일반적으로 남성들에게는 일단 제쳐 놓는 작가군에 속한다. 세 번의 결혼, 성이 다른 세 아이의 양육이라는 남다른 이력에도 불구하고 선선히 껍질을 벗어버렸고 상대방과 연관된, 사생활에 관해 덮어야 할 것은 깔끔하게 덮은 사람. 용감하다면 용감하다고 할 수 있는 양육 태도와 솔직하고 당당하고 또 힘든 상황을 자신의 능력으로 대처해 갈 수 있는 힘까지 갖춘 사람. 여성으로서 그러한 능력은 갖추지도 못했고, 또한 그러고 싶지도 않지만, 그 상황에 놓인 사람으로서는 상당히 쿨하게 대처한다는 생각이 든다. 바로 이 점에서 작품을 통해 공지영을 알게 된 사람이 아니거나 보편적 남성 입장에서 보면 상당히 불편하고 건방져 보이며 상당히 세니까 그런 길을 걸을 수밖에 없었구나 하고 내심 생각하는 게 아닐까 싶다.

　물론 공지영의 작품세계가 다소 대중적이라는 점을 들어 평론가들이 문학적 관점에서 더 이상 건드리지 않으려고 하는 점도 있을 수 있다. 전문적인 문학 평론의 입장에서는 어떨지 모르겠으나 다수의 작품이 고르게 많은 독자에게 공감을 일으키며 흡인력을 가지고 있다는 점에서 독자의 마음을 그만큼 잘 읽어내고 있다는 것은 부인하지 못할 것이다. 문학 평론가들의 입장은 그렇다 치고 일반적인 독자의 입장에서 작품을 읽어보지 않은 사람들은 작품을 통해 평하려 들기보다 공지영을 둘러싼 문학외적인 환경에 초점을 맞추고는 반감부터 갖게 되는 경우가 많지 않을까 한다. 작가의 거침없는 어투와 주눅 들지 않는 당당한 자세가 작품을 읽기 전에 우선 불편한 느낌을 일으켜 너무 잘난 체하는 것처럼 보이니까 마음에 걸려 "보나 마나 뻔하지 뭐" 하는 심경을 불러일으키는 것은 아닐까 싶다.

　글이 글쓴이의 평소 생각의 틀을 보여주는 수단과 매개체가 되는 것은 분명하다. 하지만 작품을 통해 변형되고 재탄생하는 유기물이라는 점도 간과해서는 안 된다. 작가를 통해 형성된 이미지를 가지고 작품을 읽고 분석할 수도 있지만 작품을 통해 작가를 이해하고 해석할 수도 있는 것이다. 문학외적인 상황을 작품과 연관 지어 작가를 평하고 작품의 진정성을 훼손하는 것은 유치한 감상이다. 다만 여기서 이야기하고자 하는 것은 다수의 독자를 확보하고 있다는 것은 그만큼 독자의 감성과 심경을 잘 헤아리는 작가라는 점을 말하고 싶을 뿐이다. 그런데 독자가 거의 고정 독자라는 점은 공지영이 짚고 넘어가야 할 문제이기는 하다. 작품을 읽는 새로운 독자가 늘어나는 것이라기보다 그의 작품을 읽어본 사람이 또 다른 작품을 읽고, 판매부수를 높인다는 것은 같은 성향을 가진 독자들의 입장에서 보면 행복한 일일 수 있지만 비평가의 입장에서는 즐겁게 평할 수 있는 세계의 확장이 이루어지지 않았다는 반증일 수도 있기 때문이다.

그런데 이러한 상반된 평을 한 방에 날려버릴 작품이 《맨발로 글목을 돌다》이다. 이 소설은 사소설에 가까운 소설로 자기 자신을 화자로 내세우며 글이 작가에게 어떤 의미로 존재하는가를 주제로 삼는다. 이상 문학상 수상 취지에 걸맞게 의식의 흐름을 좇아가며 인간의 삶이 자의에 의해서라기보다 외부의 압력이나 인력으로 어쩔 수 없는 무방비적 수용에 의해 재단되고 흘러감을 서술한 작품이다. "어쨌든 한 인간이 성장해 가는 것은 운명이다"라는 마지막 문장이 전체 글을 꿰뚫는 중심생각이라 해도 과언이 아니다. 남독에 가까울 정도로 활자중독 증상을 지닌 내가 이 글을 읽으면서 '세상(공지영)을 향하는 문이 하나 더 열리는 그런 느낌'을 받았다면 지나친 평일까? 솔직한 것이 능사는 아니지만 남다름에도 너무 당당해 반감을 사게 된 점도 없지 않았다. 그러나 적어도 의뭉스럽지는 않아서 상대방의 생각을 곡해하지는 않게 하기에 작품이 마음에 들지 않는 구석이 설령 있더라도 적어도 비겁하지는 않아서 괜찮게 여겨왔던 공지영이었다. 그러면서도 왠지 모르게 문학적 성과보다는 내가 갖지 못한 당당함과 솔직함에 반해 끌렸던 그가 이번 글을 써냄으로써 마침내 문단의 제대로 된 평을 받게 되지 않았나 싶다. "세상을 향한 문을 여는 열쇠는 운명처럼 보였던 고통"이었다고 작품 속에서 담담하게 말하는 공지영을 보면서 이제야 비로소 그를 진짜로 이해하게 된 것은 아닐까 하고 생각한다.

맨발로 골목을 헤매지 않은 사람이 누가 있으랴? 글목이든 삶의 골목이든 말이다. 시린 맨발로 각자의 삶의 길목을 돌면서 각자의 세상을 향한 문을 고통이라는 열쇠로 열어가는 것이리라. 그러한 운명을 겸허하게 맞아들이는 것. 그것이 우리의 할 일이라는 것을 다시 한 번 깨닫는다.

사랑은 견뎌내는 것일까?

프랑수아즈 사강 《브람스를 좋아하세요...》

사랑의 속성을 헤집어 보려는 시도는 어차피 부질없는 것인지도 모른다. 왜냐하면 사랑은 대상에 따라 달라지고, 상황에 따라 달라지는 것인데 일반론을 펴는 것 자체가 무의미하다고 볼 수 있기 때문이다. 그럼에도 불구하고 예나 지금이나 동양이나 서양이나 예술작품에서 사랑의 본질을 찾아 헤매며 그 의미를 파헤쳐 보려는 시도가 계속되는 것은 무슨 까닭일까? 아무리 그 속성을 파헤쳐 볼 수 없다고 하더라도 한 시대를 살아가는 인간 내면에서 사랑만큼 간절하고 인간 내면의 밑바닥을 건드리는 것은 없기 때문일 것이다. 부질없더라도 한때의 무분별한 열정에 지나지 않는다 하더라도, 그 시기를 지나지 않고서는 삶을 관통할 수 없기 때문에 우리는 비록 정답을 찾을 수 없을지라도 사랑을 노래하는 노력을 거둘 수 없는 것이 아닐까.

  프랑수아즈 사강은 《브람스를 좋아하세요...》를 통해 통속과 순수문학의 경계를 넘나들고 있다. 사랑이란 어차피 통속인 동시에 순수한 것이기는 하지만 얼개나 묘사가 흥미 위주와 지나친 우연에 의존하며 인간 내면의 심리를 깊게 파헤치지 않고 피상적인 데 그친다면 통속에 가깝고, 실존을 파헤치며 인간내면에 숨어 있는 근본적인 물음에 답하고자 애쓰면 순수예술에 가깝다고 할 수 있다. 이렇게 간단하게 분류해 본다면 《브람스를 좋아하세요...》는 절묘하게 그 중간에 자리 잡고 있다고 보인다. 이 소설에 등장하는 실내장식가인 주인공 폴을 통해 여자와 남자의 사랑이 어떻게 다른지, 같은 곳을 바라보면서도 어떻게 그렇게 다른 시각을 가질 수 있는지, 감각적으로 서술해 나가는 점에서 통속의 금 위에 서 있으면서도 세계문학전집에 등재될 수 있는 순수문학의 저력을 보여준다.

폴이 사랑하는 로제는 환상 속의 완벽에 가까운 인물이 아니고 현재를 살아 숨 쉬는 지극히 평범한 보통 사람이다. 로제는 오랜 연인인 폴이 있지만 다른 여자와도 짧은 데이트를 하며 그에 대한 죄책감이 전혀 없진 않지만 자신을 괴롭힐 정도까지는 아닌 양면성을 지닌 지극히 보통의 남자이다. 이런 상황에서 자신의 사랑의 감정이 일방적이지 않을까 염려하는 폴에게 헌신적이고 감각적인 젊은 변호사 시몽이 적극적으로 다가선다. 로제와 시몽은 사유방식, 어떤 일을 처리해가는 삶의 양태, 연륜 등 모든 면에서 상반된다. 시몽의 열정과 낭만을 좇으면 행복하기는 하나 불안하고, 로제의 안정과 익숙함과 그리움을 좇으면 권태와 고독을 감수해야 하는 폴의 입장에서 자신의 삶을 수놓는 기쁨과 슬픔, 그리고 아픔을 어떻게 직조할 것인가에 사강은 매우 섬세하게 접근한다. 사랑을 바람직한 사랑과 바람직하지 못한 사랑으로 분명하게 나눌 수는 없다. 영원한 행복도 없고 영원한 불행도 없다. 주체가 어느 때를 추억하고 싶어 하느냐, 어느 때를 잊고 싶어 하느냐에 따라 행복이라고도 하고 불행이라고도 이름 붙일 따름이다. 폴은 일상에서 시몽을 만나면서도 여전히 로제와 함께 했던 시간의 그림자를 한쪽에 껴안고 그리워하며 놓지 못하고, 로제를 만나면서도 시몽의 순수와 헌신을 안타까워하며 그에게서 완전히 벗어나지 못한다. 이러한 상황 속에 놓인 폴을 통해 누구라도 함께할 때 행복한 시간도 있고 반대로 불안하고 남루한 시간도 있는 사랑의 속성을 너무나 적확하게 보여준다.

이 소설의 제목인 "브람스를 좋아하세요..."의 '브람스'는 일상에서 잊고 있던 것, 자기 생활 너머의 것을 좋아할 여유를 상징한다고 볼 수 있다. 시몽이 브람스 연주회에 초대할 때 폴은 "내가 브람스를 좋아하는지는 잘 모르겠어요"하고 말한다. 자신이 선택하고자 하는 사랑의 방향을 자기 자신도 잘 모르겠다는 의미로 받아들여도 무방하지 않나 싶다. 시몽은 폴이 브람스를 좋아하든 좋아하지 않든 그것이 큰 문제가 아니라 함께 생활 너머의 무엇을 나누는 삶을 제안했던 것이고 폴은 그러한 것을 누릴 수 있는지

누려도 되는지 잘 모르겠다고 생각한다. 한편 로제는 "'브람스'라 … 브람스 얘긴 집어치워"하고 말한다. 단적으로 시몽과 로제는 '브람스'를 이렇게 다르게 바라본다. 그 사이에서 폴은 자기가 잘 아는지 모르는지를 잘 모르겠다고 주저하면서 서성이고 있다.

"사랑에 대해 세월이 할 수 있는 일은 그것을 견디게 해 주는 것뿐"이라고 사강은 정의한다. 덧없고 변하기 쉬우며 불안정하고 미묘한 사람 사이의 감정인 사랑에 대해 섬세하게 접근하고자 하는 사강의 시각은 폴이 시몽을 바라보는 면에서도, 로제를 바라보는 면에서도 잘 드러난다. 헌신적인 사랑도 세월의 흐름 속에서 얼마든지 변해갈 수 있는 부질없는 것으로, 다시 돌아볼 수 없을 것 같던 식어버린 사랑도 오래 곰삭은 세월의 두께만큼 쌓인 정으로 되살아 올 수도 있다는 것을 전혀 다르게 보이는 두 사랑을 통해 보여준다. 거울을 통해 자신의 모습을 바라보는 것이 아니라 거울 속의 자신의 모습을 투영해 사실은 다른 사람의 모습을 정확하게 바라보는 것인지도 모른다. 시몽을 통해 로제의 일상속의 일상성을, 로제를 통해 시몽의 달콤하고 화사함 속의 허망함을 비추어 보는 폴은 권태롭고 무덤덤하고 외로운 사랑을 선택하고 만다. 감미로운 사랑의 부질없음을 저버린 것에 대한 후회를 하고 있는지 아니면 뻔한 일상성의 견고함을 선택한 것에 대해 절반의 만족을 하는지는 당사자인 폴만이 알고 있을 것이다.

또 한 해가 간다.

저녁 무렵의 조용한 기운이 사방에 퍼진다.

같은 날이지만 새해라고 의미 부여한 새로운 날이 또 시작하려고 한다.

올 한 해 감사한 날이 많았는데 감사하기보다 힘겹게 여긴 날이 더 많았다.

'그럼에도 불구하고'라는 구절을 가슴 깊숙하게 새기고

어떠한 일이 닥치더라도 웃으며 이겨낼 것이다.

고맙습니다. 사랑합니다.

지도를 넘어서는 여행

이남호 《안나푸르나, 아이러니푸르나》

요즘 서점에 가보면 지나칠 정도로 많은 여행기가 출판되어 있다. 여행에 대한 정보를 주기 위한 본 목적에 충실한 책은 더 이상 독자의 눈을 끌기에 충분하지 않다. 가고자 하는 곳의 정보는 오히려 인터넷이나 여행사의 안내를 참고로 하면 더 정확하고 경제적일 수 있기 때문이다. 그럼에도 불구하고 여행에 관한 책들이 쏟아져 나오는 것은 정보나 지도를 통한 전체 그림을 머릿속에 그리고자 하는 것보다 여행을 통해서 글쓴이가 느낀 고도의 정신세계를 함께 누리고 싶어 하는 독자의 욕구가 있기 때문일 것이다. 물론 독자의 이러한 욕구부응에 대한 것 이외에 자신이 직접 경험하고 느낀 소감을 사진과 더불어 누군가와 함께 공유하고자 하는 글쓴이의 의도가 출판계의 흐름에 맞아떨어진 결과일 수도 있다.

14박 15일 동안의 안나푸르나 어라운드 트레킹에 관한 여행 에

세이인 이남호의 《안나푸르나, 아이러니푸르나》를 읽으면서 그 지역에 관한 지리적 정보나 도시, 문화에 관한 실질적인 정보보다 내 눈을 끄는 부분은 2주 동안의 육체적 트레킹보다는 어떤 면에서의 고행을 하면서 겪은 글쓴이의 심리적 감정트레킹이었다. 정말 내가 안나푸르나를 가기 위한 사전준비로 책을 읽는다면 이 책보다 더 자세하고 정확한 여행 정보서를 접할 수 있을 것이다. 그런 면에서 이 글은 기존의 여행서와는 다른 맥락에서 읽어야 하고 또 읽힐 수 있다고 생각한다.

내 머릿속의 안나푸르나는 희박한 공기 속에서 고독한 순백의 정신성으로만 존재하는 신비한 공간이다. 정상을 향해 오르는 산악인들이 매우 느리고 힘들게 한 걸음씩 발걸음을 옮기는 까닭은, 산소 결핍에서 오는 육체적 어려움 때문이 아니라 신의 영역에 접근하는 심리적 어려움 때문일 것이다. 일상과 세속과 문명으로부터 아득히 떨어진 극한의 공간에서 만나는 정신적 고도의 전율! 지도에 그런 것이 나타날 리가 없다. 마치 보물지도가 보물은 아니듯이. 안나푸르나 지도도 안나푸르나의 정신성을 드러내지는 못한다. 나는 지도를 따라가는 것이 아니라 지도를 넘어서서, 또는 투과해서 안나푸르나로 들어가야 한다. —11쪽

지도를 넘어서서 안나푸르나를 가고자 노력했고 또 그 일부분

151

은 경로이탈(함께 간 아들의 고산증이란 복병 때문에)이란 우연을 통해서 직접 "때로는 포기함으로써 더 좋은 결과를 얻을 수도 있는 아이러니한 곳이 바로 우리가 사는 세상이 아닌가"하는 깨달음을 몸과 마음에 새길 수 있었기에 '아이러니푸르나'란 그만의 새로운 어휘를 창조해 내게 된 것으로 보인다.

여행을 통해서 "산의 품 안에서 걷고 즐기기 위해 산에 가지 산정에 오르는 짧은 정복감을 위해서 산에 가지는 않는다. … 1등할 능력이 있음에도 불구하고 2등만 하는 것이 더 좋다. 왜냐하면 그만큼 여유가 생기기 때문이다. … 다하지 않는 것, 남겨두는 것은 훌륭한 미덕이다. 최선을 다해 얻은 결과물의 일부를 남겨둘 수도 있고, 자기가 하고자 하는 범위를 정해서 그 안에서 최선을 다할 수도 있다. 혹은 남겨두기 위해서 최선을 다해야 할 때도 있다. …" 등등의 삶의 지혜와 성찰을 건져 올릴 수 있었음을 고백한다.

또 하나 생각할 거리를 주는 부분은 악착에 관한 글쓴이의 생각이다. "안간힘 즉 악착같이 살아서 오늘의 발전을 이룬 우리 사회에서 개인적 삶에서도 우리 사회에서도 악착이 별로 많지 않았으면 좋겠다. 원래 악과 착의 뜻은 작은 이빨이다. 작은 이빨로 큰 고기를 잡아먹으려면 얼마나 집요하게 물고 씹고 해야 할까? 악착같이 돈 벌고, 악착같이 이기고, 악착같이 출세하고, 악착같이 일등하고, 악착같이 합격하지 않아도 되는 세상에서 살고 싶다." 성장과 발전의 원동력이었던 안간힘을 이제는 좀 내려놓고

152

여유 있게 그리고 느긋하게 사는 것이 정신적으로 필요한 시점이 아닐까 하고 조심스럽게 제안한다.

이 책에서 소개된 다비드 르 부르통의 《걷기예찬》은 몇 구절로만 만난 책이었는데 구절구절과 대비해서 글쓴이의 사고를 펼쳐 놓은 부분을 보니 제대로 다시 읽어보고 싶은 생각이 든다. 이래서 책을 읽는 것은 또 다른 책으로의 초대가 되어 사고의 지평을 넓히는 데 도움이 된다. 그중 "수많은 발걸음들에 점철되어 있는 고통은 세계와의 느린 화해로 가는 과정이다. 걷는 사람은 낭패감 속에서도 자신의 삶과 계속 한몸을 이루고 사물들과 육체적 접촉을 유지한다는 점에서 행복하다. 온몸이 피로에 취하고, 다른 곳이 아닌 바로 저곳으로 간다는 보잘것없지만 명백한 목표를 간직한 채 그는 여전히 세계와의 관계를 통제조절한다. 물론 그는 방향감각을 잃기도 하지만 아직은 알지 못할 어떤 해법을 찾아가고 있는 것이다." 시공간과의 불화로 불편한 나날을 보내고 있는 형편에 놓인 나로서는 이 부분을 읽고서 나날이 하고 있는 걷기가 어떤 면에서 그런 불화와의 관계개선을 위한 나만의 몸부림이었구나 하는 생각을 하게 되어 위로를 느낀다.

지도를 따라 안나푸르나에 가진 못했지만 이 에세이를 통해서 글쓴이의 정신세계를 따라 정신성의 안나푸르나를 돌아온 느낌이 든다. 여행 에세이가 어떤 것인지 제맛을 느끼게 해 준 글이다. 게다가 아주 맑은 파란색으로 장정된 북디자인도 그런 느낌을 고

양시켜주는 데 한몫을 한다. 읽는 이 모두 가슴 속에 자기만의 안
나푸르나를 간직하게 되리라. 고도의 설산이 주는 정기를 통해
오른 자도 못 오른 자도, 가본 자도 못 가본 자도 생기를 얻을 수
있으리라 믿는다.

대답할 수 없는 질문

김별아 《열애》

> 사랑의 미래를 생각하는 것은 슬픈 일이다. 살아 헤어지든 죽
> 어 이승과 저승으로 나뉘든, 어떻게든 사랑은 이별로 끝날 수밖
> 에 없기 때문이다. 끝끝내 헤어지지 않고 마지막 순간까지 함께
> 하는 경우는 사고를 당하는 것뿐이다.
>
> — 본문에서

이승에서 살아가면서 한 남자와 한 여자가 사랑을 한다는 것은
잠시 시공간을 함께하면서 마음과 몸을 나누는 과정이다. 그 과
정이 길거나 짧거나, 뜨겁거나 미지근하거나 하는 데 차이가 있
을 뿐 시작과 끝은 서로 다른 것이 보편적이다. 처음과 끝은 서로
에게 다르지만 사랑이란 아무도 모르게 살짝 봄이 오듯이 조용히
다가오는 경우도 있고 번개가 치듯이 강렬하게 순간적으로 요란
하게 오는 경우도 있다. 《열애》의 주인공 후미꼬에게 조선인 박

열은 번개처럼 강렬하게 순간적으로 다가온 사랑이다.

그렇게 극적으로 번개처럼 다가온 사랑이 그를 만나기 전 쓰라렸던 삶을 현실적으로 다독거려 주기는커녕 더 깊고 어두운 구렁텅이로 몰아넣지만 스스로가 선택한 삶이었기에 기꺼이 껴안고 자신을 던졌던 후미꼬. 현실을 부정하려 들거나 대항하려 할 때 반드시 만나야 하는 고통, 아픔을 개인적 차원에서뿐만 아니라 시대적 상황에서 거세게 헤쳐 나가야 했던 무정부주의자 조선인 박열. 그 두 사람은 세상 사람들의 시선에서 보면 어리석고 대책 없는 비현실적인 길을 걸어간 사람이지만 서로에게는 최선을 다하며, 자신에게 가장 솔직한 삶을 살아냈던 연인이었다.

남녀 사이에서 자연스럽게 피어오르는 간절함과 열정을 넘어서 인간 내면의 밑바닥까지 서로 닿고자 애썼던 두 사람. 한 사람은 조선의 남아로 신민의 교육을 강요받는 일제치하에서 무정부주의자 코토쿠 슈스이에 대한 일본인 심리학 교사의 강의를 듣고 불안과 매혹을 동시에 느끼며 자유롭고 평화로운 세계의 시민이 되고자 작정한다. 그리하여 관부연락선을 타고 현해탄을 건너 일본으로 향한다. 하여 흑도회를 조직하고 박제된 혁명이 아니라 이상사회를 건설하기 위해서 폭력까지 불사하겠다는 투지를 불태운다.

또 한 사람인 후미꼬는 아버지와 어머니 사이에서 법적인 결혼 이전에 태어나 무적자가 된다. 그녀는 자라면서 이모와 부적절한 관계를 맺어 줄행랑을 놓고도 돈을 위해 딸까지 팔아먹으려는 아버지와 몇 남자 사이에서 딸보다 자신의 생계가 더 우선이었던 엄마를 벗어난다. 그토록 험난하고도 신산한 삶의 여정을 걸어와야 했던 후미꼬는 도쿄의 한 오뎅집에서 일하다가 동료를 만나러 온 박열을 보고는 "그야말로 내가 찾던 사람이다. 내가 하고 싶었던 일, 그것은 틀림없이 그 사람 안에 있다. 그가 나의 일을 가지고 있다"는 뜨거운 충격을 받고 박열에게 적극적으로 자신을 열어 펼친다. "나는 내가 찾고 있던 것을 당신에게서 발견했어요. 나는 당신과 함께 일하길 원해요"라고 자신의 마음을 숨김없이 털어놓는다. 이로써 두 사람은 운명의 길을 함께 걷게 된다.

1923년 간토지방에 대지진이 일어나자 일본정부는 흉흉한 민심을 돌릴 의도로 조선인들이 우물에 독을 푼다더라 또는 조선인과 사회주의자들이 폭동을 일으키고 여자를 겁탈한다더라 라는 수상쩍고 흉흉한 소문을 빌미삼아 끓어오르는 분노를 분출할 희생물로 조선인을 사정없이 집단 학살하고 검거한다. 그에 연계해 천황과 일가에게 위해를 가하기 위해 폭탄 입수 계획을 세웠다는 혐의로 박열과 후미꼬를 포함한 '불령선인' 조직이 검거되고 박열은 모든 혐의를 자신에게 쏠리게 하고자 하나 후미꼬는 기꺼이 공범이 되기로 작정하고 판사에게 답변하고 만다. 진정한 사랑은 사랑하는 사람이 가진 생각과 행동까지 이해하고 받아들일 때 행복하다는 생각으로 후미꼬는 감옥에서 "내가 박열과 동거생활을 하게 된 것은 그가 조선인이라는 사실을 존경했기 때문이 아니었다. 또 동정해서도 아니었다. 박열이 조선인이라는 것과 내가 일본인이라는 사실을 완전히 초월해 동지애와 성애가 일치했기 때문이다. … 나의 생각이 박열과 일치하였기 때문에 더불어 살게 된 것이며, 우리는 동지로서 함께 계획하고 행동했다. …"고 마지막 공판에서 최후변론을 하고는 사형을 선고받는다. 물론 박열과 함께.

　운명은 흐름을 예상할 수 없는 강물이다. 그 넓이와 깊이를 재보고자 하나 종종 엇나가는 법이다. 사형선고가 내린 바로 그날, 중의원 원내에서 긴급 각교회의를 열어 이 두 사람에게 감형하기로 결정한다. 황실 위해를 위해 폭탄 투척이라는 사건 자체가 얼마나 실현 가능성이 낮고 기만적이고 허위적이었는지를 그들 스스로가 만천하에 드러내는 격이었다. 막이 내렸다가 다시 올라가는 희곡 속에서 후미꼬는 사람의 생명을 장난감으로 생각하느냐고 은사장(죄인의 석방을 알리는 종이)을 발기발기 찢어버리고는 마침내 스스로의 목숨을 저버리는 것으로 그들의 희곡에 종지부를 찍는다. 가족으로부터 매몰차게 버림받았고 세상의 모진 돌팔매를 맞았던 그녀. 사상도 이념도 찬란한 빛을 바래가고 완벽한 고립감과 사무치는 고독 속에서 새로운 세상을 엿보고 그곳에 닿기 위해 발돋움했던 후미꼬는 스물네 살의 삶을 스스로 거두어들인다.

　스물다섯에 감옥에 투옥되어 마흔일곱에 출옥한 박열은 "당신들이 나를 추억 속에서 그리다가 혹시 적막한 나의 마음을 채워주고 싶은 생각이 들거든, 새싹을 피워 올리고 있는 상록수 한 가지를 내 묘석 앞에 산뜻하게 놓아주세요. … 새롭게 뻗어오를 상록수의 새싹, 하늘을 향해 당당하고 기운차게 피어오를 새싹이 그어느 날엔가 다시 돌아올 것을 나는 믿습니다. …"라는 후미꼬의 최후 편지를 떠올리면서 입감하는 날 동지들이 심었던 묘목이 아름드리나무로 성장한 앞에서 눈물 맺힌 사진 한 장 찍는 것으로 이 소설은 마무리 짓는다.

목숨을 걸 정도로 뜨거웠던 사랑은 무엇이고, 청춘을 다 바칠 정도로 중요했던 이념은 무엇인가? 시대와 제도에 저항하는 자에게 준비된 것은 철저한 고립과 외면 그리고 냉혹한 벌밖에 없는 것임에도 온몸을 바쳐 뛰어든 박열과 지상에서 영원을 꿈꾸는 신기루 같은 사랑을 하고자 한 후미꼬는 낭만적인 몽상가에 지나지 않는 것일까? 그들의 '열애'에 묻고 싶다. "질문에는 확실한 대답을!"이라고 한 방랑시인 마츠오 바쇼의 하이쿠가 떠오른다. 그 누가 대답을 해 줄 수 있을 것인가.

사랑의 껍질과 속살

알랭 드 보통 《우리는 사랑일까?》

한 사람을 사랑한다는 것은 어떤 이유에서 비롯됨일까? 그 사람의 경제적 여건일 수도 있고 잘생긴 외모 덕분일 수도 있고 편안하고 넉넉한 마음에 끌려서일 수도 있고 생각을 나눌 때 공감가는 부분이 많아서일 수도 있다. 그런데 그 사람의 경제적 여건이 사라져버리거나 사고로 인해 잘생긴 외모가 변형되어버리거나 가치관이 상황에 따라 변해버릴 때 그 사람을 계속 사랑하는 것은 가능한 일인 것인가? 어떤 사람을 사랑하게 되는 것은 그 어떠한 하나의 조건에 의해서가 아니라 같이 함께 해온 세월의 무게와 정 때문에 사랑이라고 이름 붙이는 것은 아닐까? 그 어떤 사람에 대한 총체적 느낌과 정서교감을 우리는 사랑이라고 부르는 것이 아닐까 하고 생각해 본다. 흔히들 어떤 존재 그 자체를 사랑하는 것이 진정한 사랑이라고 하지만 존재란 것은 그 존재를 둘러싼 환경과 분리해서 생각할 수 없는 것이다. 그 사람의 가치관이나 경제적 여건이나 아름다운 눈이나 세련된 용모나 매너 등 이러한 것들이 종합적으로 어울려 한 사람을 형성하는 것이다. 그러기에 존재 자체를 사랑한다고 할 경우 이런 요소와 분리해서 어느 것을 그 사람의 존재 자체로 볼 것인가 하는 문제는 판단하기 어려운 일이라고 여겨진다. 사랑의 동기 중 포장의 요소를 다 뺐을 때 무엇이 남을 것인가? 육체와 지성과 환경을 제하면 사랑할 이유는 무엇이 되는 것인가?

버나드 쇼는 "사랑이란 두 사람이 서로 다른 점을 과장하는 흥미로운 과정"이라고 말한다. 서로 다른 점을 과장하는 시기가 지나면 더 이상 흥미로워지지 않게 되고 결과적으로 더는 사랑이 아니게 된다는 뜻으로 해석해 보아도 무방하다. 이런 사랑에 대해 쓴 시와 소설은 넘치고도 넘친다. 서로를 향한 조급성과 갈망, 감미로움, 그리고 어쩔 수 없는 상황에 의해 별리를 겪고 그 상처를 핥으며 일어서가는 과정을 노래한 문학작품은 너무나 많다. 그러나 이 과정에서 새롭게 접근한 소설이 알랭 드 보통의 《우리는 사랑일까》라고 할 수 있다. 서로 다른 개체가 만나게 되면서 황홀한 감정에 빠지게 되어 서로를 필요로 하게 되고, 그 필요 속에서 서로 익숙하게 되지만 그 익숙함은 시간이 흐르면서 오히려 불편함을 느끼게 만들고 자신을 되돌아보게 함으로써 거울 속에서 자신을 끌어내게 되어 헤어짐을 향해 치닫게 된다. 그렇게 되는 과정을 섬세한 심리묘사와 갖은 인용, 도표, 철학적 사유를 끌어내어

161

풀어헤친다. 말하자면 연애소설의 새로운 장을 연 셈이다. 이 소설에서는 스토리가 중요한 것이 아니고 어떤 상황에 처하게 되었을 때 안개처럼 떠오르는 모호한 감정의 실마리를 가닥가닥 풀어헤치면서 성(性)이 다른 두 사람이 겪어야 하는 허들 경기를 다양한 깊이와 넓이에서 보여준다.

'가 봐야 할 곳 — 다른 사람들이 바로 거기'라고 정한 곳에 가고 싶다는 욕망, '다른 사람들이 인정하는 괜찮은 사람'과 함께 있고 싶다는 욕망이 진짜로 자신이 원하는 무엇인가를 덮어 불분명하게 해주는 것은 아닐까? 그럴듯하게 보이고자 하는 욕망이 진정 자신이 하고 싶은 욕망보다 앞설 때, 제삼자는 그러한 진실을 파악하지 못하고 보이는 조건만 보고 '성공한 연애'라고 이름 붙이고 부러워하게 되는 경우가 많다. 그 남자나 여자를 사랑하는 것이 아니고 그 남자나 여자를 사랑하고 상대로부터 사랑받는 자신의 환영을 사랑하는 경우가 많음을 작가인 알랭 드 보통은 주인공 앨리스와 에릭을 통해 보여주고자 한다. 또한 작가는 "권력은 무엇을 할 수 있는 능력을 의미하는 데 반해 사랑의 권력은 아무것도 주지 않을 수 있는 능력에서 나온다"는 사실을 정확하게 짚어낸다. "사랑에서는 상대에게 아무 의도도 없고, 바라는 것도 구하는 것도 없는 사람이 강자라는 사실", "사랑의 목표는 소통과 이해이기 때문에 화제를 바꿔서 대화를 막거나 두 시간 후에나 전화를 걸어주는 사람이, 힘없고 더 의존적이고 바라는 게 많은 사람에게 힘 들이지 않고 권력을 행사한다.” 사랑에 숨어 있는 권력적 속성을 온갖 사례나 일화를 통해 이 같이 말한다. 얼핏 보면 사랑은 자신을 위한 감정의 불확실한 교류인 것처럼 보이지만 기실은 다른 사람에게 어떻게 보이느냐가 더 중요한 기제로 작용하는 것을 엿볼 수 있다.

'벌거벗은 감정'의 흔들리는 시기를 지나서 '연애의 퍼즐 맞추기'가 새로운 윤곽을 그리고자 할 때 사랑의 권력관계는 막을 내리게 된다. 그러나 거기에서 끝나는 것이 아니라 고통스러운 시기를 거쳐서 그렇게도 두려워하고 외면하던 관계 속으로 새롭게 진입하는 인간의 내면심리를 유쾌하기도 하고 고개를 끄덕이게 하기도 하면서 끝까지 읽어내게 하는 작가는 사회 속에서의 연애심리의 새 장을 펼쳐보였다고 할 수 있다. 사랑의 약자였던 앨리스는 따뜻한 마음의 소유자이며 감정적으로 정직한 남자인 필립을 만나 새로운 사랑의 의미를 찾아간다. 앨리스에게 사랑의 권력을 행사하던 에릭은 '너무 오래 기다리게 한 사람'이었기에 이제는 자신이 너무 오래 기다려야만 하는 사람으로 바뀐 것이 다른 점이다. 사실 이런 관계는 여자와 남자의 관계여서가 아니라 약자와 강자의 관계라고 할 수 있기에 얼마든지 바뀔 수 있는 것이다. 만일 에릭이 약자의 위치에 있었고 앨리스가 강자의 위치에 있었다면 그 결과는 반대로 되었을 것이다. 작가가 앨리스와 에릭을 통해 보여주고자 하는 것은 변해가는 사랑의 속성과 내면심리의 파도이다. 누구나 한두 번쯤 겪고 지나가는. 그러기에 통상적인 연애소설이 아니라 다양한 접근을 시도하는 이 소설을 꼭 한 번 읽어 보라고 권하고 싶다.

남자의 심리누드 소설

박범신 《은교》

박범신의 《은교》는 사랑이야기가 아니다. 나이 든 노인이 젊음을 부러워하며 그 젊음이 주는 풋풋함과 싱그러움에 정신이 팔려 자신이 평생에 걸쳐 이루어 온 것을 모두 저버리고 미혹의 길에 빠져 헤매는, 그런 해서는 안 될 사랑이야기가 아니다. 표지에는 "거부할 수 없는 홀림, 그 관능을 좇는 어느 시인의 음악적 살인"이라는 문구가 눈길을 끌지만 나이 든 시인이 어린 소녀에게 홀려서 관능을 좇다가 살인을 하고 마는 단순한 해서는 안 될 사랑에 관한 이야기가 아니라는 생각이 책을 읽는 내내, 그리고 책을 다 읽고 나서도 강렬하게 들었다.

　노시인 이적요의 필명은 그런 면에서 참 적절하다. 조용하고 쓸쓸함이라···. 그래. 이적요 시인은 변혁의 시기를 거치면서 자신의 삶의 겉과 안을 제대로 누릴 여유 없이 그야말로 거쳐 오기만 한 세대이다. 그러기에 나이가 들어갈수록 회한과 무상이 가

165

득하다. 조용하고 쓸쓸함이 가득한 자신의 세계는 이름을 걸고 발표된 시만큼 정제되지 않았고 온건하지 않다는 것을 알게 되고 그에 대한 반발로 자신이 쓰고 있다고 생각되는 가면을 들키지 않는 방식으로 벗어보고자 시도한다. 그 일환으로 제자인 서지우의 이름을 빌려 추리소설을 발표해 베스트셀러 작가가 되기도 하고 서랍에 넣어 두었던 미발표작인 에세이, 희곡을 통해 사회적 얼굴을 바꾸어 보고자 하는 남모르는 시도도 해본다. 시인이기에 남다른 감성과 예민한 촉수를 가졌고 이것이 문학에만 한하지 않고 사람관계와 삶 전체에 변화를 가져온다. 그 직접적인 변곡점이 옆집에 사는 열일곱 살 고등학생인 은교이다.

하얀 손등, 솜털이 보송보송 난 덜 익은 것 같은 얼굴, 덜 여물었지만 알맞게 익어가는 듯한 가슴을 가진 은교가 아르바이트로 이적요 시인의 집에 청소를 하러 오던 날부터 시인은 살아있다는 것의 의미를 재확인하며 젊음과 늙음이 얼마나 머나먼 거리에 떨어져 있는 것인지, 지금까지 자신이 걸어온 길이 얼마나 메말랐으며 거친 것이었는지 새삼 느끼게 되고 푸르고 찬란한 젊음이 주는 숨결과 온기를 생생하게 느끼고 싶어 한다. 이적요 시인은 어린 소녀와 불온한 사랑을 하고 싶어 하는 것이 아니라 은교를 통해 자신의 존재의미를 재확인하고 싶어 한다. 자신의 부정을 통한 내부적 자아의 확인 과정이 겉으로는 어린 소녀를 향한 사랑처럼 보이는 것이다. 남자의 사랑이란 상대를 향한 열정과 들뜸이 아니라 상대를 통한 자기 확인이고 자기애의 과정이라 할 수 있다. 여자가 사랑을 하는 과정에는 상대가 중심인 데 반해 남자의 사랑은 자신이 중심이라는 점이 다르다. 남자는 감각을 통해 영혼에 이르게 되는 데 비해 여자는 영혼을 통해 감각에 이르게 된다고 이적요 시인이 밝히고 있는 것처럼 느껴가는 과정에서도 남자와 여자의 사랑은 다르다는 것을 알 수 있다.

이 소설에서는 수컷의 원초적 본능이 어떻게 발아되어 싹터 가는지, 그러나 결국 사회적 자아를 위해 어떻게 절제하고 억눌러가는지에 대해 섬세하게 그리면서도 추리식으로 스릴 있게 접근한다. 그 과정의 비통과 분노와 이글거림을 시인의 입장과 그 제자인 서지우의 입장에서 번갈아가며 서술한다. 그런데 정작 시인과 그 제자인 서지우 사이의 미묘한 갈등을 일으킨 은교의 감정의 여울에 대해서는 침묵한다. 은교는 시인이 고통스러워했던 만큼 순수의 꽃봉오리도 아니었고 그렇다고 맹랑할 정도로 속물적인 소녀도 아니었다. 은교와 서지우의 알 듯 모를 듯한 관계와 이적요 시인을 대하는 모호한 감정에 대해서 언급이 없다.

그런 면에서 본다면 이 소설은 한 소녀를 통해 자기 자신을 확인하고자 하는 남자의 통렬한 자기확인 과정이지 결코 관능적인 사랑이야기가 아니다. 시인으로서의 대외적으로 알려진 삶과 그러한 문화적 치장을 벗어낸 한 남자로서의 이적요의 삶 그리고 추구하고자 하나 결코 이룰 수 없는 작가의 꿈을 가진 평범하고 세

167

속적인 남자 서지우, 이 두 남자의 삶을 벌거벗겨 보여주는 남자의 심리누드 소설이라고 할 수 있을 것이다. 눈물겹고 뜨겁고 푸른 '갈망'을 향한. 그 후, 자신의 내면에서 모든 것을 벗어버린 기록을 담은 이적요 시인의 유작노트를 태워버린 은교가 눈물범벅이 되어 울고 있다. 그 눈물의 의미는 무엇일까?

이별이 슬픈 것은
그 사람에게서 사랑을 받지 못해서가 아니라
그 사람을 위해서 더 이상 해줄 수 있는 것이 없기 때문이다.

그 사람을 위해서 무언가 더 해 줄 수만 있다면 기다릴 수 있다.
언제까지나. 어디에서나.
진정한 사랑은 그 사람이 모르게 그 사람을 위해 그 사람이 원하는 것을 해주는 것이다.

단정한 기다림.

여전히 그렇다

하인리히 뵐 《카타리나 블룸의 잃어버린 명예》

한 여성이 처음 어떤 남성을 만나 사랑에 빠지게 되는 일은 극히 개인적이다. 그 남자가 어떤 사람이든 여자가 어떤 사람이든 사랑에 있어서는 그 두 사람을 제외하고는 상관없는 일이다. 개별자의 사랑이 사회적인 합의 없이 이루어진다고 해서 대사회적으로 비난받거나 공개될 필요는 없다. 그러나 그중 어떤 한 사람이 범죄를 저지른 경우나 윤리를 저버리게 될 경우 필요에 따라 수사에 착수하기도 하고 수면 위로 그들의 관계가 떠올라 상관없는 다른 사람의 주목을 끌게 되는 경우가 있다. 그런 상황에서 많은 사람들에게 영향을 끼치게 되는 것이 언론이라고 할 수 있다. 당 사건과 관계없는 독자에게까지 흥미나 관심을 끌기 위해 좀더 선정적으로, 어떤 면에서는 조작하고 왜곡시켜 보도하는 경우가 있다. "개가 사람을 무는 것은 뉴스가 되지 못하나 사람이 개를 무는 경우는 뉴스가 될 수 있다"는 것처럼 일단 독자의 관심을 끌고자 하는 것이 매스미디어의 속성이다. 사실이 아니라는 것이 알려지지 않은 한, 정황상 짐작과 추리로 사건을 재구성하여 사실이 일단 보도되면 진실 여부와 상관없이 그 파급력은 겉잡을 수 없게 되고 그 과정에서 다루어지는 한 개인은 다시 돌이킬 수 없는 이미지의 손상을 입게 된다. 나중에 그 사실이 다소 부정확하고 왜곡되었다는 정정보도가 설령 있다고 하더라도 그 과정에서 개인이 입은 치명적 손상은 다시 회복할 수 없게 되고 만다. 이러한 보이지 않는 거대한 폭력에 관한 조명이 바로 하인리히 뵐의 《카타리나 블룸의 잃어버린 명예》이다.

성실하고 검박한 한 여성이 댄스파티에서 한 남성을 만나게 되고, 그날 밤 사랑에 빠지는 일은 우연하고도 작은 일에 불과하다. 그러나 막상 스물일곱 살인 카타리나 블룸에게는 운명을 뒤바꾸어 놓을 만한 거대한 사건이 되고 만다. 그녀가 호의를 가지고 만난 바로 그 남자가 오랫동안 수배 중이던 은행 강도였기 때문이다. 은행 강도인 괴텐이 카타리나 블룸을 만나고 난 다음 새벽에 사라져 버렸기 때문에 카타리나는 졸지에 정부가 되어 범인의 도피방조 또는 은닉 혐의를 입게 되고 신문에 그와 함께 했던 여성으로 무방비 상태로 오르내리게 된다.

카타리나 블룸은 피의자 신분으로 심문을 당할 때, 자신이 표현한 "신사들이 치근거렸다"가 "신사들이 다정하게 대했다"로 바뀌어 기록되고, "나에게 선량한 …"이 "나에게 친절한, 호의적

171

인", "영리하고 이성적인"이 "얼음처럼 차갑고 계산적인"의 표현으로 바뀐 것을 보고 자신이 느꼈던 감정과는 다르다는 이유로 고쳐야 한다고 분노한다. 자신에게는 하나의 어휘가 결정적인 의미를 가지고 있는데도 불구하고 전체 그림을 머릿속에 이미 그려놓은 사람들에게는 중요하게 여겨지지 않음을 단적으로 보여준다. 카타리나가 말하고 싶지 않은, 그녀에게 호의를 보였던 다른 남성과의 관계 그리고 마지못해 받았던 반지는 의혹을 증폭시키는 데 일조하고 만다. 신문에서는 카타리나의 이미지 조작에 그치는 것이 아니라 그녀의 아버지, 어머니, 지인의 사회적 이념, 재정상태, 가족관계의 뒤틀림, 멀고 가까움의 정도에 따른 수많은 뒷말 등이 확인되지 않은 상태에서 기사화되어 기정사실이 되어가는 과정을 여실히 보여준다.

사람들이 알고 싶어 했던 것은 은행 강도인 괴텐의 행방이었지만 두 사람이 만난 다음날 아침에 괴텐이 사라진 탓에, 남아서 독화살을 맞아야 하는 이는 그의 정체도 모르고 하룻밤 사랑했던 카타리나라는 한 여성이다. 카타리나가 아무리 자신의 입장을 밝히고자 해도 개인이 언론을 상대로 하는 싸움은 계란으로 바위치기에 그치고 만다. 그 결과 카타리나는 댄스파티에 간 수요일에 만난 한 남자 때문에 나흘 뒤인 일요일 오후에 소설적 기사를 쓴 신문기자인 퇴트게스를 총으로 쏘아 죽이고 만다.

나중에 괴텐은 군부대를 탈영했고 두 개 연대의 군인급여와 막

대한 적립금이 들어 있는 금고를 약탈했으며 장부 위조, 무기 절도를 한 사람으로 확인되어 체포돼 약 10년 형을 선고받게 된다. 그가 카타리나와 자신은 아무런 관계가 없다고 밝혔으나 이미 사람들의 기억에는 그러한 해명이 아무 소용이 없었으며 카타리나는 자신의 기사를 쓴 기자, 퇴트게스를 총으로 쏘고는 교회에 30분쯤 앉았다가 뫼딩 경사에게로 가서 담담하게 자수한다.

37년 전인 1975년에 발표한 이 작품이 시사하는 바는 현재도 유효하다. 매일 발행되는 신문에 등장하는 수많은 사람들의 동정과 기사가 평범한 한 개인의 삶을 얼마나 바꾸어 놓을 수 있는지, 그 삶의 기반을 얼마나 흔들어 놓을 수 있는지를 잘 보여준다. 독자의 저급한 호기심과 언론의 선정성과 상업성이 교묘하게 얽힐 때 당사자 개인에게 얼마나 치명적인 피해가 갈 수 있는지를 간결하게 보여주는 이 소설을 읽으면서 좀 다르긴 하지만 높은 자리 후보에 오른 사람들이 청문회에서 발가벗겨지는 것을 다시 생각해 본다. 공직자의 능력 검증과 정책 점검은 필수적이긴 하지만 나아갈 길을 제대로 갈 수 있는지를 살피기보다 곪고 썩은 부분만을 하이에나처럼 집요하게 물고 늘어지는 비겁하고도 추한 짓은 하지 말아야 한다. 거대한 수레바퀴 아래 눌려있는 개인들에게 설 자리를 찾아주고자 하는 것이 본연의 임무인 언론이 짚어보아야 할 문제를 냉철하게 다루는 이 소설이 시사하는 바는 그래서 여전히 유효하다.

3부

삶의 길목에서의 쉼표

계속되는 의문

《땅끝의 아이들》을 쓴 이민아 씨가 죽었다는 기사를 신문을 통해 접했다. 한 사람이 겪을 수 있는 고통은 종류대로 다 겪어야만 했던 그 사람.

부모로서 가장 가슴 아픈 아이의 죽음과 본인의 암 발병, 실명 위기, 이혼 그리고 재혼과 더불어 다가온 다른 아이의 자폐증….

그럼에도 불구하고 하나님의 사랑을 온몸으로 증거하며 감사를 외치던 여리면서 강하던 그 사람.

그렇게 목이 터져라 외치면서 온몸으로 하나님의 사랑을 증명하고자 애썼던 그 사람.

이성적으로 세상을 살아가던 아버지를 자식에 대한 사랑으로 하나님 앞에 무릎 꿇고 겸손하게 이끌던 그 사람.

그럼에도 불구하고 본인의 표현에 의하자면 그 사람은 하나님의 부름을 받고 그 품에 안기고 말았다.

그녀가 그토록 살려고 애쓰고 자신의 시련을 통해 하나님을 증거하며 남은 목숨 아끼지 않고 사방에 증거하며 살겠노라고 호소했건만, 더 높은 곳에 계시는 분의 뜻을 우리 인간은 다 헤아리지 못하는 것인지 이 세상에서 삶은 더 이상 허락되지 않았다.

극심한 스트레스와 전이된 암세포는 생물학적 생존을 더 이상 가능하게 하지 않았다는 과학적 결과로서 받아들여야 하는 것인지 신앙을 가진 사람들의 위로와 이해대로 절대자의 뜻으로 받아들여야 하는지, 아니면 수억 겁 업장의 결과인 인과응보의 순리대로 받아들여야 하는 것인지 알 수 없다.

그냥 보통사람의 죽음에도 여러 가지 생각들이 교차하기 마련이지만 눈에 띄게 어려움을 겪으면서도 자신의 신앙을 위해 온몸으로 증거하던 사람들의 죽음과 맞닥뜨리게 되면 더 생각이 복잡하게 갈래를 친다. 사람의 생명의 신비함과 수없이 겪어야 하는 알 수 없는 길과 누구나 결국 가야 하는 죽음이 주는 많은 생각들은 우리가 걸어가야 할 길에 대해 다시금 생각하게 만든다.

자식의 간절한 바람을 위해 신앙을 받아들인 아버지 이어령이 바로 그 자식의 비통한 마지막을 두고 어떤 생각을 가지게 되었는지 궁금하다. 더 깊어지고 더 넓어진 믿음을 갖게 되었는지 아니면 그렇게도 기도하고 그렇게도 아프게 호소했건만 이런 식으로 거두어들이는 절대자를 향해 울부짖음으로, 아니면 차가운 돌아섬으로 자신의 믿음을 대하는지 정말 알고 싶다. 고통 속에서도 사랑을 노래하던 이민아 씨가 남 보란 듯이 아픔 속에서 헤쳐 나와 사는 것을 보고 싶었기 때문에 이번 그녀의 죽음을 접하고 다시 생각의 늪 속에 빠진다. 비록 다른 종교를 가지고 있지만 그녀가 믿는 하나님이 그녀를 우뚝 세우기를 간절하게 바랐기 때문이다. 믿으면 믿는 만큼 강하게 되는 그 길이 보고 싶었기 때문이다. 미약한 인간의 능력으로는 다 헤아리지 못할 더 크고 높은 뜻이 있는 것일까? 아니면 참회하고 순응하는 것밖에 없는 것이 인간의 삶인가? 이민아 씨가 내게 던져주는 의문은 계속된다.

김승현 사진전을 다녀오다

통의동에 있는 사진 전문 갤러리 류가헌에서 열리는 김승현 사진전에 다녀오다.

오후 6시에 오픈식이 있다고 해서 오후 5시쯤에 경복궁역에 내려 4번 출구로 나와 경복궁 담을 따라 류가헌을 찾아 나섰다.

좁은 골목길로 들어서니 이런 한옥이 어디에 숨어 있었냐는 듯이 얌전하게 엎드려 있고 담장에는 색감 좋은 푸른 리본이 행사를 알리는 듯 바람에 팔락이고 있었다.

대문을 들어서니 툇마루 위에는 화분들이 나란히 기울기 시작하는 햇빛에 해바라기를 하고 있었고 한쪽 담벼락에는 아크릴 프레임에 도록에서 본 낯익은 사진이 담겨 걸려 있었다. 자그마하지만 단정한 한옥 마당에는 정겨운 이야기들이 소곤소곤 대고 있는 것처럼 여겨졌다. 최대한 한옥의 원형을 살리되 갤러리에 맞게 구조를 변형하여 갤러리와 그 곁에 카페를 아울러 꾸민 점은 센스가 있어 보였다.

전시장에 들어서니 26점의 사진이 눈높이에 알맞게 나지막이 걸려있었다. 낯익은 일상에서 소외를 포착한 작품이라는 설명을 미리 읽고 가서 그런지 그 시각에 맞춰서 이해되는 것이었다. 그런 점 때문에 보통은 작품설명을 미리 듣지 않고 가는 편인데 이번 전시회에는 그럴 수가 없는 형편이라 해설까지 읽고 가서 그런지 내 식으로 사진을 볼 수 없는 점이 좀 아쉬웠다. 예술작품은 생산해 낸 작가의 것만도 아니고 감상하는 관람객의 것만도 아니어서 독자적인 감상이 가능한 것이라고 생각한다. 물론 전문가의 해설을 듣고 작가의 의도를 정확하게 이해하고 감상하는 것이 바람직하겠지만 자유로운 감상을 먼저 하고 나서 해설을 읽으며 서로 다른 점이 있다면 비교해보는 재미도 쏠쏠한 법이다. 그런데 이번 전시회는 중심어휘인 '소외'에 초점을 맞추며 감상하다보니 일련의 주제를 지닌 작품으로 바라보일 뿐 개별적인 작품의 감상이 가능하지 않은 점이 개인적으로 좀 아쉬웠다. 그러나 전시 현장에서 보는 작품은 컴퓨터나 도록으로 보는 느낌과는 상당히 다르기에 기회가 닿는다면 현장에서 작품을 감상해보는 것이 중요하다는 것을 이번 전시회를 통해 다시 한 번 느꼈다.

전체적으로 '어떻게'에 초점을 맞추기보다 '무엇'에 초점을 맞춘 작품들이란 생각이 들었다. 빛과 그림자, 구도와 각도에 중점을 두기보다 구조화된 현실에 뒷모습이나 작고 흐릿한 인물의 배치를 통해 낯익은 우리의 일상 속에서 중심이 되지 못하는 세상살이를 보여주고자 한 느낌이 들었다. 쓸쓸한 남자의 어깨나 무심히 어딘가를 바라보는 행인의 시선, 위태로운 높은 곳에서 고개를 숙이고 무언가를 이야기하고 있는 인물들을 바라보다가, 아무도 없는 화랑에서 전시된 작품을 바라보는 나의 뒷모습을 작게 찍어 실루엣으로 처리한다면 이 작품들 틈에 끼워 넣어도 과히 눈 밖에 나는 것은 아니지 않을까 하는 다소 엉뚱한 상상도 해보았다. 이들 작품 중에서 만약 한 작품을 골라 내 벽에 걸어둔다면 어떤 것을 고를까 하고 생각해 보니 흔히 사진전에서 구입하는 작품들과는 다른 의미를 두어야 가능한 일일 것이라는 생각이 뒤미처 들었다. 그런 면에서 상업적인 성격을 띤 작품은 아니라고 봐야 하나 하는 생각도 동시에 들었다. 의미를 중요시하는 눈 밝은 사람이 있다면 곱게 시집을 가서 벽에 걸리는 그러한 행운을 누릴 수도 있지 않을까?

한쪽에서는 방송사에서 나와 아날로그시대 정신을 담은 필름 카메라를 즐기는 사람들의 라이프스타일에 초점을 맞추어 녹화를 하고, 많은 사람들이 간단하면서도 정갈한 음식을 들면서 환담을 나누는 모습이 문화마당을 펼쳐 놓아 자유롭게 즐기는 잔치 같은 느낌이 들었다. 편안하고 자유로운 분위기에서 노니는 기분은 괜찮았다. 그러다가 작가는 작품을 통해 '소외'를 다루었는데 정작 이 자리를 찾은 사람들은 그 소외의 현장에 있는 듯하지 않다는 생각이 잠시 들었다. 아님 우리 역시 그 소외 속에서 살아가지만 그걸 모르고 낯익은 일상으로 여기면서 지내는 것은 아닐까? 누군가가 외부에서 초점을 맞추어 어떤 형태로의 예술로 재해석할 때 작품이란 이름으로 우리는 수용하고 감상하는 것이 아닐까 하는 생각이 들었다.

나의 상담의사

일주일에 두세 번씩은 북한산 둘레길을 걷는 편이다. 정규코스를 살짝 벗어나서 한적한 길로 들어서 30분 정도 걷는 것을 포함해 1시간 50분 정도 걸리는 거리인데 사람들이 많이 북적거리는 정규 둘레길을 벗어나 사람들을 거의 만나지 않는 산등성이로 돌아서 가는 길은 정말 몇 번이나 가도 좋다. 마구잡이로 산길을 내서 산에 오르는 사람들에 의해 황폐해진 산을 보호하자는 의도로 개설되었다는 둘레길은 좋긴 하나 한적하게 생각에 잠길 정도로 더 이상 여유롭지 않다. 무리하지 않고 산의 맛과 멋을 즐기기에는 안성맞춤이나 숨이 가쁜 곳이 전혀 없어 운동이라기에는 다소 밋밋한 감도 없지 않다. 그래서 생각해 낸 것이 둘레길을 걷다가 산으로 오르는 길로 살짝 빠져서 산허리 정도로 둘러가는 길을 찾아낸 셈이라고 할 수 있다.

이 길로 걸으면 산속에서 샘터도 두어 개 만나고 폐사지인지 폐가인지 알 길은 없지만 제법 평평한 너른 터도 만난다. 반듯하게 다져진 터 가장자리에 기와더미와 아궁이 비슷한 돌무더기도 만난다. 이렇게 깊숙한 곳에 누가 살았는지 궁금할 정도이다. 늘 가는 곳이지만 계절 따라 다른 아름다움이 곳곳에 숨어 있다. 비가 오는 날이면 촉촉하게 젖은 샘터에 돌 틈 사이로 살포시 고개 내민 풀꽃이 더욱 정겹게 느껴지고, 요즘처럼 낙엽이 떨어지는 계절이면 발밑에 떨어져 있는 잎들의 바삭거리는 소리와 아직은 옷을 입고 마지막 안간힘을 쓰고 있는 마른 가지들을 보는 안타까움도 느낄 수 있다.

오늘도 여느 날처럼 걷고 있는데 앞에서 모처럼 30대로 보이는 여성을 만났다. 얼굴이 잘 보이지는 않을 만한 거리인데 무어라 중얼거리는 소리가 들려왔다. 라디오를 켜놓았나 싶어서 언짢은 생각이 스쳐 지나갔다. 산에 오면서 라디오를 가지고 와서 켜는 사람은 아무리 좋게 보려고 해도 잘 안 되는 편이어서 마뜩잖게 생각하고 걷는데 가까워질수록 소리는 커져갔고 몇 걸음 앞에 오자 그 소리는 라디오 소리가 아닌 사람 소리로 밝혀졌다. "도대체 왜 그런 거야? 어떻게 하면 되는데 나보고 자꾸 그러는 거야? 일부러 그런 것이 아니란 말이야" 하는 소리가 들렸다. 나를 보고 하는 소리인가 싶어 고개를 드니 무심히 지나쳐간다. 그러면서 그 소리를 자꾸 되뇐다. 수도 없이 그런 소리를 하면서 왔을 것 같다. 표정은 자세히 보지는 못했지만 많이 억울한 표정이었다. 적어도 정신적 문제가 있어 무의식중에 혼잣말을 하면서 걷는 것은 아니란 생각이 들었다.

　그냥 지나치려다가 그 자리에 서서 그 소리를 한참 들었다. 조금 무서운 생각이 아닌 게 아니라 들긴 했지만 그냥 지나치기에는 절박하고 궁금한 생각도 들었기 때문이다. 한참 더 사설을 늘어놓으면서 그 여성은 가던 길을 계속 갔다. 무슨 사연인지는 모르겠지만 무척 억울하고 답답한 심경을 자기 속에서 치밀어 나오는 대로 표현하고 있는 듯했다. 그 사람에게는 산이 아무런 제지도 하지 않고 마음속의 말을 다 들어주는 정신과 의사와 같은 역할을 해주는지도 모른다. 너무나 잘 아는 사람에게 털어놓기에는 내밀한 사정이라 곤란했는지도 모른다. 아무리 가까운 사이라 해도 나중에 해결이 되고 나면 이미 뱉어놓은 말은 다시 주울 수가 없기에 말하기 곤란하지만 어딘가에는 털어놓고 갈등과 속상함을 씻어버리고 싶었는지도 모른다. 그래서 일부러 이렇게 조용하고 한적한 길을 골랐는지도 모른다고 생각했다. 그 사람에게 우연히 만난 나는 보이지 않는 존재와 마찬가지였을 것이고, 그렇게 함으로써 잠시나마 일상의 갈등과 속상함을 푸는 시간이 되었을 것이라고 추측해 본다.

　복잡하고 갈등이 많은 현대사회에 사는 우리는 고단한 일상을 보낼 수밖에 없다. 그러기에 가끔씩 얽히고설킨 감정의 덩어리를 꺼내 차분히 풀어나갈 시간과 장소가 필요하다. 가까운 친구나 이웃이 있어도 말할 수 있는 가벼운 갈등이나 고민이 있을 수도 있고, 말로써 꺼내기에는 너무 사적이거나 무거운 것이어서 차마 말로 하지 못할 것도 있다. 서양이라면 정신과의사를 찾아가 상담하는 것이 보편적이라고 할 수 있지만 우리나라에서는 아직 보편화되지도 않았고 상담비용도 만만치 않아 부담스러울 수도 있다. 그리고 지나치게 다른 사람의 일에 관심을 가지는 우리 사회의 특성상 오히려 섣불리 말을 꺼내는 것이 주저스러울 수도 있다. 그럴 때 누군가에겐 표현해야 답답한 심경이 풀어지고 그 과정에서 스스로가 답을 찾아낼 수 있을 것이다. 그러한 시간과 장소가 내겐 산이다. 물론 나는 아까 만난 그 여성처럼 소리로 꺼내 표현하지는 않는다. 마음속에서 자문자답하면서 걷는다. 어떤 때는 걸어도 걸어도 답이 찾아지지 않는 경우도 있다. 그러나 최소한 걷는 동안은 다른 잡생각에서 벗어나 오로지 걷기만 하므로 다른 잡념의 얽힘 속으로 더 빠져들지는 않는다. 그런 면에서 산은 내게 정신과의사의 역할을 해준다. 비싼 상담료를 지불하지 않고 부수적으로 건강을 챙길 수도 있으니 일석이조의 효과를 얻는 셈이다.

산길을 걸으면서 내면의 소리에 귀를 기울이는 작업인 만큼 내 사고와 사람됨의 크기를 넘어선 답을 얻기가 어렵다는 한계가 있다. 또 노력해도 전문가의 도움을 얻는 것이 아니라서 올바른 방향이 아닐 수도 있고, 시간이 많이 걸릴 수도 있다. 그러나 어떠한 문제든 일차적으로 해결하려는 사람의 의지가 중요한 만큼 적어도 자기 자신에게 솔직하고 주체적인 방안을 모색하는 것은 되지 않을까 싶다. 갈등과 문제의 본질을 분명하게 파악하고 나면 그 나머지는 부차적인 것이 아닐까? 우선 진짜 자기를 만나는 것이 필요하다. 그러한 시간과 장소를 만드는 것이 중요하다. 그 방식은 개개인에 따라 다를 것이다. 그것을 정확하게 일찍 찾아내는 것이 중요하다. 내게는 산이라는 사실을 오늘의 그녀를 만나면서 다시금 확인할 수 있었다.

과거와 현재의 만남.

지체 높으신 임금님이 계시던 곳과 서민 쉼터의 만남.

시간이 잠시 멈춘 곳에서 천 년을 가로지르는 한 가닥 햇빛을 줍다.

이 골목길에서 명예도 권력도 사랑도 음모도 배신도

회오리 속에서 수없이 스쳐 지나갔지만

기록된 역사는 있으나 진실은 햇빛 뒤로 길게 늘어뜨린 그림자 마냥

수시로 모양을 바꾸는 해석 탓에

알고 싶어하는 자의 입맛에 따라 모습이 바뀐다.

무관심이나 무책임한 것이라기보다

다만 무심하게 그 만남을 이제 바라본다.

남 탓 내 탓

북한산 둘레길을 걸으러 집을 나섰다. 아주 중요한 미션도 일단 끝났고 시간이 조금 나길래 그동안 소홀했던 걷기에 다시 주력하기로 했다.

1코스를 막 오르는데 눈발이 휘날리기 시작하였다. 모자와 머플러에 눈이 달라붙고 눈썹에 가뿐하게 올라앉는다. 얼음이 채 녹지 않은 길에 눈이 살포시 내려앉아 미끄러운 곳이 많아져 조심스러웠다. 운동화를 신지 않고 등산화를 신은 것이 다행이라는 생각을 하면서 걸음을 떼기 시작한다. 바람에 눈이 휘날려 잠시 앞이 안 보이기도 하지만 걷는 발걸음은 가볍고 어제에 이어 오늘도 걸으니 몸이 오히려 가벼워진 것 같다.

앞서 가는 사람이 라디오를 켜 놓아 좋든 싫든 그 소리를 계속 들으며 가야 하는 것이 조금은 짜증스럽다. 그렇다고 꺼달라고 하기도 뭣하고 속도를 높여서 제쳐버리려고 하니 그 사람의 속도도 만만찮아 제치기에는 좀 빠르고 속도를 늦추어 아예 거리를 두

고자 하니 내 페이스에 맞지 않아 원하지는 않았지만 도리 없이
계속 그 소리를 들으며 갈 수밖에 없다.

"속도 전쟁이 피할 수 없는 현대의 대세입니다. 누구나 앞만
보고 정신없이 달려가는 이 세상에서 늦게 가기 때문에 오히려
살 수 있고 행복한 것이 있습니다. 바로 나무늘보입니다. 나무늘
보는 아무리 빨리 가보아야 한 시간에 900m 정도밖에 가지 못합
니다. 모두들 빨리 가느라고 서로 부딪치고 넘어지곤 하는데 나
무늘보는 천천히 유유자적하게 자기 페이스를 유지하며 살아갑
니다. 그 나무늘보에게서 느림의 행복을 배워야 할 것입니다."

걸으며 그 소리를 듣는 순간 이 멘트가 인간 위주의 시각을 그
대로 보여주고 있는 것은 아닐까 하는 생각이 들었다. 나무늘보
는 느리게 가서 행복하다고? 그래서 우리도 천천히 가는 지혜를
그로부터 배워야 한다고? 어쩜 나무늘보는 자신의 느림 때문에
우리가 상상할 수 없는 어려움과 긴장 속에서 살고 있는지 모른
다. 타고난 느림 때문에 속상한지 아님 그렇게밖에 살 수 없어서
그냥 그렇게 살고 있는지 모른다는 생각이 스쳐 지나간 것이다.
물론 느림의 미학을 배워서 속도전인 현대에서 여유를 가지고 행
복하게 살자는 뜻일 수도 있다는 생각을 해보긴 했지만 누가 나무
늘보의 삶을 이해하고 알 것인가 하는 생각이 뒤미처 든 것이다.

비단 나무늘보뿐만 아니라 어떤 현상을 보면서 보이는 대로만 해석하고 자기에게 유리하고 맞는 식으로 적용해서 이해하고 있는 것은 아닐까 하는 생각이 든 것이다. 정작 자신은 바로 그 점 때문에 힘겨워하고 고통스러워하는데 보는 사람은 그 점을 부러워하고 그것을 따라 하고자 애쓰는 것은 아닐까? 그리고 거기서 지혜를 배워야 한다고 소리 높이는 것도 많으리라는 생각을 해보는 것이다.

평소에 둘레길 1, 2코스를 걸으면 1시간 40분 정도 걸리는데 오늘은 눈발도 휘날리고 끊임없이 들리는 라디오 소리도 들어가며 걷느라고 2시간 정도 걸렸다. 눈발 휘날리는 산길을 걸으면 멋있겠다고 생각하는 데 비해 눈 오는 날까지 산은 오르내리는 사람들에 의해 짓밟힌다고 여길 수도 있고, 나무늘보가 느리게 걸어 오히려 살 수 있고 행복하다고 우리가 여기는 데 비해 자기 딴에는 빨리 걷느라고 숨이 캑캑 막히는 건지도 모르겠다고 생각하니 도대체 우리가 말하고 생각하는 것은 순전히 말하는 사람 입장에서 느끼고 말하는 것일 뿐 그 본질이 가지고 있는 것과는 아무런 상관없는 일인지도 모른다는 생각이 든다.

아무런 잡념 없이 걸을 수 있어 좋던 걷기가 오늘은 오히려 많은 생각을 들게 해주어 내려오는 길이 조금은 무겁다. 오히려 산 속은 포근했는데 내려오니 눈은 그쳤고 바람이 불기 시작한다. 다음 산에 오를 때에는 제발 라디오를 켜놓고 다니는 사람을 만나지 않길 바랄 뿐. 괜히 잡념 많은 내 성격을 다른 사람 탓으로 돌리고는 피식 웃음 짓는다.

내가 이 남자를 사랑하는 이유

약속에 맞추어 나가느라고 지하철을 탔다. 오후 헐거운 시간이어서 그런지 지하철 안은 적당히 한가롭다. 딱히 할 일도 없고 해서 앉아있는 사람이나 서 있는 사람들을 유심히 살펴보기로 한다. 아직 퇴근시간이라고 하기에는 좀 이르긴 하지만 남자 어른들이 제법 눈에 띈다. 그들은 손에 신문을 펴서 읽는 사람도 있고, 휴대전화로 어디론가 끊임없이 통화를 하는 사람도 있고, 서류가방에서 서류인지 책인지를 꺼내 읽는 사람도 있고, 피곤에 지쳐 창에 기대어 잠들어 있는 사람도 있다. 적당히 배도 나왔고, 머리칼도 희끗희끗하며 얼굴에는 가늘고 굵은 주름이 훈장처럼 수 놓여 있다. 특별히 잘난 사람도 없고 있어 보이는 사람도 없이 그저 그런 사람들이 앉거나 서 있다. 아주 보통인, 이 사람들이 각자 자기 집에 들어가면 가족의 책임을 지는 가장이고 든든한 중년의 아들이고 소중한 남편이리라. 그러한 생각과 겹쳐 남편의 얼굴이 떠오른다.

결혼 전에 남편은 키에 비해 아주 말랐다. 허리가 가늘어 접힐 정도여서 건강에 이상이 있나 하고 걱정할 정도였다. 그러던 그가 임신 6개월에 해당할 정도의 부른 배를 가지게 된 것은 나잇살 덕분이기도 하지만 결혼생활을 하면서 겪어야 했던 갈등과 걱정과 불안이 배 안으로 쌓여 표면적으로 보이게 된 것이 아닌가 싶다. 그 부른 배 안에는 경제적 어려움과 장자로서 부모를 잘 모시지 못한 회한과 아비로서 아이들을 제대로 잘 기르지 못했다는 안타까움 같은 것이 가득 차 있어서 그런 것이라고 생각한다.

눈가에는 굵은 주름이 잡혀 있다. 경제적으로 빡빡한 상황에서 유학을 떠나 공부하면서 낳은 아이를 키우며 수시로 병원을 들락날락하면서 가슴을 졸이던 일이 많았다. 어릴 때부터 시력이 좋지 않아 수술과 정기적인 진찰을 요하는 특별한 손길이 가는 아이였기에 부모로서 신경을 쓰지 않을 수 없었다. 내가 이런저런 일을 하면서 생활비를 벌긴 했지만 장래가 보장되지 않은 채 계속해야 했던 공부와 넉넉하지 않은 살림에 병원비에 어떻게 될지 모르는 아이 걱정에 굵게 새겨진 훈장이 남편 눈가의 흔적으로 남은 것이 주름이라고 생각한다.

희끗희끗해진 머리칼은 나이 탓도 있겠지만 아버님이 입원 하루 만에 돌아가시게 되면서 받은 충격 탓이 크지 않았을까 하고 생각한다. 건강하시던 아버님이 갑자기 쓰러지셔서 병원에 입원하시게 되어 고향에 내려가서 수술을 하시는 것을 지켜보았다.

의사선생님이 별 탈 없이 잘 끝났다고 걱정 마시라고 해서 그날 밤 집으로 돌아가서 한숨 눈을 붙이는데 갑작스런 연락이 와서 임종도 지켜보지 못하고 말았다. 자신이 맏아들로 고향까지 내려갔음에도 불구하고 병상을 지키지 않고 집으로 돌아가 아버님 혼자 임종을 하시게 했다는 자책으로 몹시 괴로워했다. 안타까운 마음에 어머니께서 병원에 있지 왜 그냥 집으로 왔냐고 하시는 말씀 한 마디가 가슴에 박혀 두고두고 쓰려려했다. 그러더니 갑자기 머리에 서리가 하얗게 내리는 것 같이 빠른 시간에 변하는 것이 아닌가.

하얗던 얼굴은 푸석푸석해지고 뺨은 살짝 파이고 입술은 까칠해져 삶에 지친 모습이 영락없는 중년아저씨이다. 모르는 사람이라고 생각하고 보면 저렇게 퉁퉁하고 희끗희끗한 머리칼을 한, 굵은 주름을 얼굴에 가득해 가지고 있는 저 사람이 뭐가 좋다고 할까 하는 생각이 든다. 그러나 중년의 바다를 헤엄쳐 오고 있는 바로 이 사람이 나와 아이를 키우면서 눈물과 웃음을 함께 나눈 사람이며, 추운 바람을 함께 맞으며 언젠가 따뜻한 햇살을 함께 누릴 것이라 꿈꾸던 사람이며, 부모가 돌아가셨을 때 외로움과 아픔을 함께 해주던 바로 그 사람이며, 사는 것이 힘겨워 그만두고 싶을 때 끝까지 손 놓지 않았던 그 사람이다.

남이 보기에는 그냥 그저 그렇고 그런 남자, 여자가 각자 자기 가정에서 부부만이 가질 수 있는 고통의 역사를 함께 했기에 남보다 더 잘나지 않아도, 남보다 더 돈을 잘 벌지 않아도, 남보다 더 훌륭하지 않아도 바로 나에게는 가장 소중한 사람인 것이다. 그 남자, 그 여자의 마음과 몸에 새긴 역사의 흔적인 주름과 흰머리와 뱃살과 투박한 손발과 푸석한 피부가 자기와 일상을 함께 하지 않은, 잘나고 돈 많고 멋진 사람보다 사랑받고 존중받을 수 있는 조건이 되는 것이리라. 일상의 지리멸렬함을 함께 나누지 않은 사랑은 순간의 열정과 연정은 될지 모르지만 끈끈한 동질감을 갖는 정을 이길 수 없다.

그러기에 나는 약간 피곤해 보이는 내 남편의 약간 나온 뱃살과 주름과 거친 피부까지도 모두 사랑한다. 그것들은 세월의 흔적으로 그냥 생긴 것이 아니라 나와 함께 살아오면서 고통의 강을 함께 건너온 발자취이기에. 아이 때문에 밤새워 아파하고 빠듯한 경제 사정 때문에 머리를 맞대고 고민하고, 기대치에 미치지 못하는 아들 노릇에 힘들어했고 고통스러웠던 적도 많았지만 바로 그 고통이 지금의 나를, 우리를 지탱하게 해 준 디딤돌이 되었다고 믿기에 중년의 인증이 된 뱃살, 거친 피부, 주름까지도 예뻐 보이는 것이다. 그 누구도 대신할 수 없는 우리 삶의 역사의 현장에 그가 서 있기에. 그리고 내가 서 있기에.

오래된 나무를 보면

삶 속의 나이테가 보인다

줄기는 줄어들고 뿌리만 깊다

사는 게 이런 거였나 중얼거린다

도대체 뿌리가 어디까지 갔기에

가도 가도 뿌리내리지 못하는지

참을 수 없이 가볍게 살고 싶지만

삶이 덜컥, 뿌리 뽑히는 것 같아

무지하게 겁이 난다

마지막이란 그럴지, 결코 가벼운 일이 아닐 테지

나무 중에서 제일 굽은 나무들도

이름 모를 잡목들도

숲속으로 몸을 들이미는데

시퍼런 참, 나무가

아, 안된다 바람에도 아니 흔들려야 한다

뿌리박고 곧게 서 있을 때 너는 너인 것이다

절대로 굽히지 않는 그게 너 자신인 것이다.

— 천양희 〈나무에 대한 생각〉

뒤집는 소리

소설가 김애란은 《두근두근 내 인생》이라는 소설을 펴냈지만 내게는 두근두근하지 않고 "조마조마 내 인생"이다.

한때 내게도 두근두근 내 인생이 있었던 적도 있다. 찬란한 앞날이 기다리고 있어서 두근두근했던 것이 아니라 열심히 노력하면 노력한 만큼 보상이 주어지는 것이라고 믿었기에 열심히 살면서 기대하고 설레기도 하고 상처입어도 금방 툭툭 털고 일어서기도 하였다. 그러기에 언제나 내 인생의 모토는 '할 수 있을 때'였다. 그런데 살아보니까 노력한 만큼 주어지는 것이 아니라는 것을 알게 된다. 그건 노력이 의미가 없다는 뜻과는 다르다. 열심히 노력했다고 해서 결과가 반드시 좋은 것은 아니라는 것을 깨닫게 되었다는 뜻이다.

그러면 열심히 노력해도 좋은 결과가 오지 않는다면 노력할 필요가 없냐고 반문할 수도 있겠다. 앞날을 위해 열심히 애쓰고 땀 흘리고 있는 사람들에게 무슨 찬물이냐고 비난할 수도 있겠다.

긍정적 사고와 적극적 사고가 필요한 이 시대에 무슨 망발이냐고 집어치우라고 소리칠 수도 있겠다. 다 안다. 그 정도쯤은. 그리고 내 말이 무슨 그리 큰 영향을 다른 사람에게 미친다고 이런 작은 내 마당에서조차 항상 그렇게 말해야 되냐고 이번에는 내가 소리치고 싶다. 애쓰면 애를 쓰지 않은 것보다는 나을 확률이 많은 것이지 사람의 힘을 넘어서는 일이 많은 것을 이제는 알게 된 것뿐이다. 절대자의 뜻인지 자업자득인지는 잘 모르겠다. 하여튼 결과와 상관없이 자기의 일회적인 인생이기에 그 나름대로 최선을 다해야 한다는 것이지 열심히 애쓰면 그 결과를 보상받을 수 있기 때문에 열심히 해야 하는 것은 아니라는 것을 살아가면서 점점 더 알게 된다. 서글프다. 이런 사실 정도는 차라리 모르는 것이 더 나을 텐데….

삶에는 짧고 강렬한 기쁨 뒤에 그 기쁨을 상쇄할 만한 길고 지지부진한 고통이 뒤따른다. 그래서 순간순간의 기쁨으로 긴 고통을 대신하며 이게 사는 거야 하고 살아가는지 모르겠다. 그래서 우리는 추억이라는 이름으로 과거를 미화해서 그 충전된 착각의 따뜻함으로 차갑고 힘겨운 현재를 버티어 내고 있는지 모르겠다. 도처에서 자기계발이니 전환점이니 역발상이니 하고 발상의 전환을 유도한다. 이러한 사실은 보편적으로 그렇지 않기 때문에 의도적으로 그렇게 살아야 한다고 유도하는 것에 불과하다. 초조하고 불안한 자기 자리에서 서성이고 있는 자아에게 그렇게 유도함으로써 자기 최면에 걸려 그렇게 힘내서 살아가 보라고 달래는 것에 지나지 않는다. 인생의 전환점에서 자기 계발을 하며 열심히 노력하며 살 수 있는 자는 그렇게 많지 않다. 그러기에 이런 사람들을 바람직한 방향으로 이끌기 위한 구호일 뿐이다. 차라리 삶은 그리 친절하지 않은 불편한 친구라는 것을 인정하는 것이 훨씬 더 진실에 가깝다. 들뜬 열정에 속아서 조증에 걸린 사람처럼 끊임없이 성취를 기대하고 살다가 속고 주저앉는 것보다 힘겨운 고갯길이지만 내 것이기에 내가 가야 하는 것이라고, 나와 얽어진 관계에 최선을 다하는 것이 내 할 일이기에 열심히 하는 것뿐이라고 담담하게 아는 것이 더 현명한 것이 아닐까 싶다.

너무 냉정하고 부정적이라고 비난할 수도 있겠다. 무의미하게 대충 살라는 것으로 오해해서는 안 된다. 열심히 살되 원래 사는 것이 기쁘기만 하고 즐겁기만 한 것이 아니라는 것, 기쁨은 짧고 힘겨움은 길다는 사실, 이 본질을 알고 나면 가끔씩 속아 산다는 생각은 하지 않을 것이란 다소 역설적인 생각을 해보는 것이다.

오늘 내 앞에 놓인 이 순간이 어떻든 내가 할 수 있는 한 열심히 하고 결과는 내 몫이 아니라는 태도로 살아가야 덜 힘들고 괴로울 수 있다. 이게 "盡人事待天命"이라고 할 수 있나?

사랑에 관한 해석

난 빨래를 하면서
얼룩 같은 어제를 지우고
먼지 같은 오늘을 털어내고
주름진 내일을 다려요

— 뮤지컬 〈빨래〉 중에서

변양균의 인터뷰를 읽다가 그가 신정아에 얽힌 최근 심경을 묻는 질문에 이 노래에 빗대어 대신하는 것을 보고는 절묘하다는 생각을 했다. 지우고 털어내어도 원래 상태로 돌아갈 수 없는 것이지만 최소한 본인이 할 수 있는 한 깨끗이 빨래를 하는 심경으로 지금 자신에게 주어진 상황에서 최선을 다하려고 하는 마음을 읽어낼 수 있었다.

같은 세월을 겪어낸 남녀가 그 시절을 회상하는 방식은 너무나 다르다. 남자에게는 얼룩 같은 어제였고, 여자에게는 여전한 그리움의 어제이다. 돌아갈 곳이 있던 남자에게는 그 시절이 돌아간 곳의 사람에게 돌이킬 수 없는 죄책감과 미안함으로 남아 연민과 이해를 넘는 질긴 사랑으로 치환된다. 그런데 돌아갈 곳이 없는 여자에게는 그 시절로 다시 돌아갈 수는 없다는 것을 잘 알지만 잊을 수 없는 그리움과 상처로 남아 있게 된다. 사랑의 무게와 깊이를 잴 수는 없지만 세월이 지나고 나면 이렇게 서로에게 느껴지는 무게와 깊이는 달라지고 만다.

그렇지만 물어보고 싶다. 한때 사랑이라고 여겼던 것들이 변양균에게는 단지 얼룩 같은 어제였기만 할까 하고. 한때 방향을 제대로 잡지 못하고 타오르던 열정이 부끄럽고 후회되기만 하는 것인가 하고. 그래서 지워버리고 싶은 부끄러운 기억으로만 남는가 하고. 비록 아내에게는 정말 미안하고 잘못했지만 그 순간만은 진실이었고 사랑이었다고 느끼는지 물어보고 싶다. 모두들 괜찮은 남자 앞길을 망쳐놓은 나쁜 여자라고 손가락질하는 신정아가 잘한 짓은 아니지만 그를 향한 사랑만은 진심이었고 후회 없다고 여전히 말한다. 같은 시기를 사랑이라는 이름으로 거쳐 온 남녀가 한 사람은 지우고 싶은 얼룩으로 기억하고, 다른 한 사람은 상대의 배우자에게는 못할 짓이었지만 그 사람을 향한 사랑만은 진심이었다고 말한다. 돌팔매질을 당한다 하더라도 나는 비겁한 남자보다 사랑의 순정을 바보같이 여전히 믿는 여자가 더 좋다고 말하고 싶다. 그 여자와 남자가 의도하지 않게 휘말린 상황을 잘했다고 옹호하는 것은 물론 아니다. 단지 같은 세월을 겪어온 사람에 대한 예의가 아니라는 생각이 드는 것이다.

사랑과 기침은 감출 수가 없다는 말이 있다. 또한 사랑과 입 안의 음식은 입으로 뱉어놓을 때 더 이상 아름다운 것이 될 수 없다는 말도 있다. 어쩔 수 없는 상황이었겠지만 왜 지나간 사랑을 다른 사람 앞에 토해내는가. 그럼으로써 상대를 향하던 진정과 아낌에 다른 사람들의 침이 튀게 하는가. 이 점에서는 신정아가 우선 잘했다고 할 수 없다. 그렇게도 좋아했고 여전히 아끼는 마음이 있다면 그것을 자신의 마음에 간직하고 상대의 안녕을 빌어주는 것이 진정한 사랑일 것이다. 자신이 사랑한다고 다른 사람 앞에서 말하는 것으로 사랑이 이루어지는 것은 아니다. 사랑하기 때문에 해야 할 일도 있지만 사랑하기 때문에 하지 말아야 할 일이 더 많다는 것을 그녀는 몰랐던 것일까? 그 점에서는 그녀가 무어라 해도 변명이 될 수밖에 없다. 그러나 그 사람을 향한 그녀의 사랑은 비록 깊은 배려는 되지 못했지만 진심이라고 믿는다. 그런 여자의 글을 읽고 나서 아내가 있는 남자는 얼룩 같은 어제였다고 말한다. 그녀가 자신에게 얼룩이라는 뜻이었을까 아니면 그녀와의 인연으로 망쳐진 어제가 자신에게 얼룩이라는 뜻이었을까?

짧은 행복, 긴 불행으로 끝난 사랑의 뒤끝은 이리도 참혹하다. 사랑에 관한 해석이 남자와 여자에게는 이렇게도 다른 것일까? 아니면 돌아갈 곳이 있는 사람과 돌아갈 곳이 없는 사람과의 차이인 것일까? 비록 이룰 수는 없지만 애틋함을 남기며 그리움으로 가슴에 묻어둘 사랑은 정녕 없는 것일까?

쉬어가는 귀퉁이에서 읽는 활자의 감미로움은
평생 다시 오지 않을 쉼표임을 그때는 모른다.
머언 날 뒤돌아보면 가슴 한편에서 물밀 듯이 밀려오는 그리움임을 알게 되리니···.

이제는 빛바래어 아득하기만 한 그날들이
꿈결처럼 아스라하다.

사진, 견고한 고독과의 만남

> 사진은, 세상의 모든 사진은 시간의 바다 위에 떠 있는 저마다
> 의 '섬'이다. 내가 사진을 들여다볼 때 간혹 맛보게 되는 황홀감
> 은 그 '섬'이 불러일으키는 견고한 고독감이다. 이 섬은 모든 일
> 반화를 거부한다. … 사진은 그 지시 대상을 그것 자체 안에 쌍둥
> 이처럼 담고 있다. 이것이 우리가 사진 앞에서 느끼는 절대적으
> 로 견고한 고독이다.
>
> — 김화영 《바람을 담는 집》 중에서

둥글면서도 넓은 이마 아래 우뚝한 콧날이 서 있고 당당한 눈
빛을 지닌 중년 사내가 네모틀 안에 점잖게 담겨 있다. 오래된 사
진이어서 약간 바래기는 했지만 그 네모틀 안의 남자는 여전히 온
기를 풍긴다. 해마다 한 번씩 이 남자를 '견고한 고독' 속에 만나
기 위해 오빠네 집으로 향한다. 40대의 이른 나이에 사랑하던 가
족을 두고 다시는 돌아오지 못할 먼 길을 떠난 아버지의 사진을
기일마다 만나러 가기 때문이다.

영정 사진을 찍기에는 너무나 젊은 나이셨기 때문에 한창때 모습의 사진을 기억할 수밖에 없고 그 시절의 사진을 가지고 있을 수밖에 없다. 7남매의 맏이로서 지방공무원의 삶이란 굳이 설명하지 않아도 헤아릴 수 있을 정도의 곤고한 생활이었을 것이다. 경기고등학교를 졸업하고 고려대학교에 합격했으나 지방에 계시는 부모를 모시고 형제들을 돌보아야 하는 처지라 진학을 단념하면서 한시 한 편 읊는다.

欲展我懷恐孝疎　내 생각 펴고자 하니 불효할까 두렵고
枉從慈意愧閑居　부모 뜻에 굽히자니 한가로울 일 부끄럽네
青雲躄勇跳無盡　청운이야 절름발이도 못 뛰어넘음 없겠으나
紅頰穉情恨有餘　홍안의 어린 마음에 한스러움 남아 도네
野外臨風時散鬱　외에서 바람 쐬며 울적함을 달래고
塵中窃暇更貪書　세사의 티끌에서도 틈만 나면 책을 탐해
滄溟萬里遨遊夢　푸른 바다 만 리에서 크게 노니는 꿈을 꾸니
霖雨倍新瓶水魚　장맛비에 어항의 물고기도 넘쳐 힘이 솟구치네
                                                    －1946년

이 시와 겹쳐서 내가 대학에 진학할 무렵이 떠오른다. 아버지가 돌아가신 뒤 어려운 처지를 생각하여 삼촌들께서 대학진학을 그만 두고 은행에 취직하는 게 어떻겠냐고 은근히 어머니께 말씀하셨다. 아버지 없이 자식 여럿을 대학에 보내는 것이 어려운 일

이라 어머니께서는 국립대학 아니면 대학 보내는 것이 어렵겠다고 대답하셨다. 당시 내 성적으로 서울에 있는 국립대학에 진학하는 것은 무리였던지라 사립대학에 진학하면 스스로 벌어가야했던 상황이라 덜컥 겁이 났다. 결국 우여곡절 끝에 취직을 마다하고 사립대학에 진학하여 신문사며 아르바이트로 정신없었던 대학시절을 보내야 했던 나는 이 시를 다시 읽으면서 자신보다 주변을 헤아릴 수밖에 없었던 한 남자의 안타까움과 한을 엿본다. 나는 형제가 많이 딸린 맏이가 아니라 내 한 몸만 건사하면 되는 입장이라 우격다짐으로 대학에 진학했지만 맏아들로서 청운의 푸른꿈을 접어야 했던 남자의 한이, 시린 시 한 편으로 승화된 것으로 읽힌다.

그 이후 공무원으로서 청렴결백하고 근면성실하게 직장생활을 하시다가 병을 얻으셔서 시 한 편 남기신다.

廳作家庭夜作晨　청사를 집 삼아 새벽까지 밤새우며
區區吏役度靑春　보잘것없는 말단으로 청춘을 보냈구나
回頭卄載辛勤事　이십여 년 어렵사리 힘쓴 일 되돌아보니
唯有浮名與病身　오직 남은 것 뜬 이름 병든 몸이로세

－1969년

도청 인사과에서 근무하며 인사의 어려움을 촉나라 들어가는 길 같다고 탄식하며 이리저리 얽힌 관리의 그물망 속에서 최선을

다하던 아버지는 지나친 격무와 곤궁한 집안 살림 때문에 병을 얻
고 마신다. 의료진의 갖은 처방과 엄마의 극진한 간호에도 불구
하고 병세가 나아지지 못하자 고생만 시키던 아내에게 마음에 담
은 시 한 수 정편(情片)으로 남긴다.

示細君　　　아내에게

昔我委禽日　옛적 우리 혼인하던 날
盟深健順倫　인륜을 굳게 따르기로 맹세 깊었지
兩地風霜世　헤어져 있으면서 바람 불고 서리 내리던 세상
一心雨露春　하나같은 마음 가랑비에 이슬 내리는 봄이었지
糟糠猶足樂　술재강에 쌀겨를 먹는 가난도 즐거웠고
餌藥未嘗嚬　약 같은 악식에도 찡그린 적 없었지
賢母須加勉　현모로서 모름지기 더욱 힘써주오
良妻旣盡因　양처의 인연은 이미 다 하였나니

―1971년

한평생 자신의 뜻을 펼치기보다 부모와 형제 그리고 식솔들을
모시고 거느리고 사느라 힘들었던 그 시대의 보통 남자. 한없이
따뜻하고 한없이 성실한 가장이었던 아버지는 겨우 모든 것이 자
리 잡아 갈 즈음에 아끼고 사랑하던 가족을 뒤로 하고 병환으로
유명을 달리하고 만다. 우리 형제들의 가슴에는 그때 이후로 아버

지가 더 이상 나이를 드시지 않는다. 어린 시절 가족 모두 손잡고 관람하던 영화 〈십계〉나 〈쿼바디스〉 그리고 저녁 먹은 후 둥글게 모여 앉아 퀴즈 내고 맞히던 그 시절의 아버지만 가슴에 남아 있을 뿐이다. 그때 그 시절의 아버지가 지금 내 눈앞에 보이는 저 사진틀 안에서 시간이 정지된 채로 웃고 계신다. 지금은 그렇게도 아끼시던 엄마마저 곁으로 가셔서 덜 외로우실지도 모르겠다.

이제 제사상 위에 놓인 이 사진 속에서밖에는 이 세상 어느 곳에서도, 어느 순간에도 존재하지 않는 '섬'인 아버지는 쓸쓸함과 감미로움을 동시에 불러일으킨다. 흘러가는 시간의 물결을 거슬러 영원을 소유하고 싶은 소박한 마음에서 나오는 행위가 사진이라고 할 때 우리 형제는 제삿날마다 아버지의 사진을 통해 시간의 물결을 거슬러 올라가 영원을 소유하고자 하는 견고한 고독을 맛본다.

빛과 그림자 사이로 사람들이 걸어간다.

우린 우리도 모르게 짜인 구도 속에서 걸어가야 하는 존재인지 모른다.

어느 순간 빛이 지난 지점을,

어느 순간에는 그림자가 무너진 지점에 발걸음을 내딛게 될지도 모른다.

끝이 있는 곳에 다다르면 환한 하늘이 반길지

또 다른 터널이 우릴 기다릴지 모른다.

쓸쓸한 저녁에

어제, 밤늦게까지 아무런 연락이 없이 남편이 집으로 돌아오지 않아 걱정스러워 잠을 이루지 못하고 있었다. 1시 무렵 현관문 소리가 나더니 피곤해 보이는 얼굴을 내밀며 집에 들어선다. 날마다 결정해야 할 수많은 일에 치여 사는 것을 알기에 가급적이면 심기를 건드리지 않으려고 양복을 받아 걸며 쉬라고 하자 기운 없는 소리로 "그러지 뭐" 하고 만다. 아무리 바빠도 꼭 행선지를 미리 알려주고 늦으면 늦는다고 연락을 주던 사람이 소식 없이 늦은 것에 대해 설명도 하지 않고 그냥 힘없이 앉아 있는 것을 보니 무슨 일이 있구나 하는 생각에 안색을 살폈다.

30년 전에 미국으로 공부하러 떠난다고 뜻이 맞는 선후배 셋이서 모임을 가진 적이 있었다. 다들 형편이 우리보다는 훨씬 나아서 경제적 걱정은 하지 않아도 되는 입장이라 부럽기도 했다. 각각 지원한 학교가 멀리 떨어져 있는 관계로 자주 보지도 못하고 가끔 전화로 소식을 전하며 그리움을 달래곤 하였다. 그중 한 명은 뉴욕 주 버펄로에 사는 관계로 우리가 살던 미주리 주에서 큰 맘 먹고 만나러 가서 어마어마하게 쌓인 눈과 추위 속에서 버펄로 윙을 먹으며 즐거운 시간을 보낸 적도 있었다.

그 후 시간이 흘러 흘러 각자가 한국으로 돌아와 자기의 자리에서 맡은 책임을 다하고 있으며 전화로 가끔 안부를 묻고는 하였다. 일상이 누구에게나 그렇듯 자기 앞길 닦는 데 급급해서 서로의 소식을 묻는 데는 차차 게을러질 수밖에 없었고 풍문으로 어떻다더라 하는 소식을 귓전으로 듣곤 하게 되어버렸다. 같은 분야에서 가끔 일로 만나게 되는데도 불구하고 좋은 소식으로 접하게 되기보다는 이혼이나 아프다는 좋지 않은 소식으로 간접적으로 만나게 되는 일이 더 많아지는 나이가 되어버렸다.

버펄로에서 공부한 후배가 공부를 덜한 아내를 끝마치고 오라고 미국에 두고 오더니 결국에는 이혼을 하고 딸만 데리고 와 지극 정성으로 키운다는 이야기를 듣고는 마음 아파한 지가 얼마 전 일인 것 같은데, 또 그 이후에는 딸이 크자 친엄마에게 보내고 무척 쓸쓸해한다는 이야기가 들려왔다. 같이 공부하고 고생하던 사람들인데 사는 것은 다 각각이라 마음은 있어도 만나서 구멍 난 마음을 메꾸어 주기에는 상황이 여의치 않아 안타까울 따름이었다.

그러던 그가 근육위축증으로 고생을 하다가 그만 세상을 달리했다는 갑작스런 소식을 듣고는 장례식에 다녀오는 길이라고 남편은 한마디 하면서 가라앉는다. 이제는 부모님상이야 흔히 듣는 일이지만 친구나 후배가 세상을 달리했다면 느끼는 바는 사뭇 다를 수밖에 없다. 장례식에 갔더니 늦게 재혼해 쌍둥이아이 곁에 서 있는 고인의 젊은 아내를 보는 순간, 가슴이 먹먹해 아무 말도 할 수 없었다고 한다.

누구나 이 세상에 왔다 가곤 하지만 가까운 젊은이의 장례식은 참으로 많은 것을 생각하게 한다. 내 뜻을 알아주지 않는 일터에서 균형을 잡아가며 사느라고 바짝 써야 하는 신경줄의 흔들림, 아이들의 불안정한 미래 앞에서 방향을 제시해 줄 수 없을 때의 막막함, 경제적 뒷받침이 없는 노후의 불안함 속에서 간신히 버텨오던 일상이 그의 장례식 앞에서 무상하게 여겨지는 남편의 지친 얼굴을 보면서 결코 부드럽지도 친절하지도 않은 삶의 손길을 느낀다.

그러나 어쩌랴. 비록 불친절하고 거칠더라도 함께 걸어가야 할, 버티어 내야 할 고개라면 힘내서 걸어가는 수밖에 없다는 것을 빨리 아는 수밖에. 한때의 소중했던 것들이 무의미해지고, 한때 별 볼 일 없게 여겨지던 것들이 소중해지는 날이 온다는 것을 깨달을 즈음, 그것을 함께 나눌 이들이 예고도 없이 이렇게 먼저 떠나버리게 되는 경우도 있다. 시간이 지나면 물론 이런 생각도 일상에 묻혀 희미해지겠지만 몹시도 쓸쓸한 하루이다. 고인의 명복을 빌며 남은 식구들에게 그를 향한 사랑이 조금이라도 오래 남아있게 되길 빈다.

오늘도 무사히

결국은 정형외과에 가서 발톱을 뽑고 왔다. 지난 달 말 유리문에 갑작스레 엄지발가락을 부딪쳐 엄청난 피를 흘리며 119에 실려 간 이래 무려 3주간이나 치료를 받아왔지만 선택의 여지가 없다는 의사의 판단에 따라 오늘 발톱을 뺐다. 그동안 정형외과 슬리퍼를 신고 다녔지만 뼈에 이상이 있는 것은 아니어서 표가 나게 절뚝이며 걷지 않아서 눈여겨보지 않았던 사람들은 내가 다친 줄도 모르고 넘어간 적이 많다. 얌전하게 옷을 입고 한쪽 발은 부츠를 신고 다른 한쪽은 정형외과의 커다란 슬리퍼를 신었는데도 신을 유심히 보지 않았던지 "어머 그랬나요?"하고 반문을 하는 사람이 많은 것을 보고 우리가 하루 종일 많은 사람을 만나고 이야기 나누지만 실상 그 사람의 상태를 얼마나 알고 지나치는지는 알 수 없다. 먼저 눈에 띄는 얼굴이나 아니면 멋있는 옷이나 가방 정도에 인사를 나누면 나누었지 살짝 절뚝이는 발이나 뻣뻣한 팔 움직임에는 당사자가 말하기 전에는 그냥 지나치기 쉽다. 그렇다고

나 발 다쳤소 하고 광고를 해댈 수도 없고 하여 알아보는 사람에게는 사건경위를 말하고 알아채지 못하는 사람에게는 그냥 넘어가곤 했다.

약 3주 동안이나 통원치료를 하더니 이제야 발톱을 뽑아야겠다는 의사선생이 좀 야속했다. 그럴 거였으면 진작 그러지. 이제는 오히려 나아가는 과정이 아닐까 싶은데 진료과정이라는 것이 전문가가 보기에 다른가 보다 하고 넘기기로 한다. 마취를 하고 뽑으니까 아프지 않을 거라고 장담을 하면서 움직이지만 말라고 주의를 주었다. 유난히 통증에 대한 겁이 많아 병원이라면 질겁하는 나로서는 죽을 맛이었다. 의사와 간호사 두 사람이 집게 같은 것을 들고 들어와 끔찍스러워 눈을 두 손으로 꼭 감싸 쥐었더니 두 손으로 눈을 꼭 누르면 심장에 무리가 간다고 두 손을 가슴에 올리고 눈 감고 있으라고 하였다. 덜덜 떨면서 눈 감고 손을 맞잡고 가슴에 올리고 있는데 통증이 전신에 찌르르 전해졌다. 무서워 소리조차 내지 못하고 경직되어 있으니 조금만 더 참으라고 하면서 발톱 근처에서 무슨 짓인가를 하고 있는 것이 아닌가. 속으로 딴 생각을 하면서 죽었다 하고 있는데 다 되었다는 소리가 들린다. 그런데 너무 긴장한 탓인지 일어날 수가 없어서 한동안 가만히 꼼짝도 하지 않고 누워있었다. 그런데 내가 너무 겁을 먹는 것을 본 간호사와 의사는 기절해버린 줄로 알고 너무 놀라 팔을 흔들며 "정신 차리세요"하고 손을 잡는다. 그 느낌을 아는데도 말을 하기에는 긴장이 풀리지 않아서 가만히 있었다. 그랬더니 뺨까지 흔들어대는 것이 아닌가. 그제야 "아, 괜찮아요"하고 일어났다. 두 사람은 한숨을 내쉬며 정말 깜짝 놀랐다고 한마디씩 한다. 무슨 사고 나는 줄 알았다고. 발톱을 뽑고 나서는 나보다 그 사람들이 더 놀란 것 같았다.

운동을 하던 중이나 갑작스러운 부딪침으로 가끔 발톱이 빠지는 경우도 있다고 듣긴 했지만 유리문에 정통으로 부딪쳐 이렇게까지 아프고 오래 걸릴 줄은 미처 생각하지 못했던 것이다. 평소에 있는지 없는지도 모르고 지내던 신체의 일부가 고장이 나면 이렇게 존재가 크게 부각되는 것이다. 조그만 발톱 하나가 이렇게 걷고 움직이는 데 큰 영향을 미칠 줄 생각이나 해보았던가. 오른발을 덜 움직이려고 왼쪽 다리에 힘을 더 주었더니 왼쪽 다리에 무리가 갔는지 왼쪽 고관절이 뻐근하기도 한다. 우리 몸은 아주 작은 부분이라도 독립적이지 않고 유기적으로 연결되어 있어 각 부분이 자기가 써야 하는 힘을 제대로 쓰지 못하면 다른 부분이 힘을 더 써야 하므로 무리가 가기도 하고 전체 균형이 잡히지 않아서 제대로 작동하지 않게 된다. 이건 비단 몸뿐이 아니라 우리가 몸담고 있는 어떤 조직에서나 마찬가지라는 생각이 든다. 결국 크면 큰 대로 하는 역할이 있고 작으면 작은 대로 하는 역할이 있어 그 역할 사이의 균형과 조화가 전체를 이끌고 간다는 아주 상식적이고 평범한 진리를 다시 한 번 깨닫게 된다. 또한 나이가 들면서 멀리는 오히려 잘 보게 되고 가까이는 잘 안 보이게 되어 예기치 않은 안전사고를 당하는 경우가 많다는 말을 생각하게 되었다. 물리적 신체적 조건도 그러하거니와 정신적으로도 노련한 경험과 풍부한 상식을 바탕으로 멀리 보는 큰 그림을 잘 그릴 수 있으나 가까이 자세하게 보아야 하는 작은 그림은 놓치는 부분이 많다는 것을 깨달아야 한다고 한다.

발톱을 뽑고 나서, 너무 멀리 크게만 보려고 들지 말고 '오늘 이 시간 여기'에서 즐기고 감사해 하며 사는 것이 중요하다는 생각을 하게 된다. 내 발밑을 조심해 신체적으로도 다치지 않게 할 일이고 정신적으로도 먼 앞날의 일에 신경을 쓰지만 말고 '지금 여기에' 닥친 일에 최선을 다하며 기쁘게 살아가리라고 마음 다져먹는다. 이 발이 다 나아서 다시 등산화를 신게 되면 산에 오르는 즐거움을 맛보며 너무 멀리 길게 바라보다가 바로 앞에 놓인 돌에 걸리지 않으리라 생각한다.

오늘도 무사히!라고 쓰인 구절을 붙인 어느 버스기사 앞자리가 떠오른다. 자! 우리도 오늘도 무사히!!!

아침을 깨우는 미립자의 빛은 고요하게 거실에 찾아들고
경이의 눈으로 바라보는 나는
그 순간을 잡는다.

용서보다는 이해하려고

예전 왕실에서는 임금이 왕실의 번성을 위하여 후궁을 여럿 두는 것은 너무나 당연한 일로 여겨졌다. 임금이 후손을 많이 두어야 만일의 사태에 나라의 안녕에 빈틈을 주지 않고 왕위 계승을 할 수 있으며 왕실의 안위를 보장받을 수 있기 때문이다. 왕실의 왕자들 사이에 있을 수 있는 암투와 권력 투쟁은 당사자들에게는 목숨을 걸 만큼 중요한 문제이지만 그 왕조의 시각에서 보았을 때는 누가 왕이 되든지 그 일문에서의 왕이 왕권을 계승해서 권력을 누리는 것이 중요하기 때문에 일단 후손의 번성에 주안점을 두기 마련이다. 그런 측면에서 중전을 위시하여 후궁 어느 누구나 투기를 한다는 것은 덕이 부족한 것으로 여겨져 용납될 수 없었을 것이다.

양반 가문에서 현숙하고 음전한 규수를 간택하여 중전으로 결정하기에 한 남자의 여자라기보다는 나라와 가문의 안위와 영광을 위해 살아야 했고 그 대신 국모로서의 권위를 누리며 원자를 생산해 국통을 잇는 것으로 만족해야 했던 중전의 자리. 지엄한 자리이긴 했으나 구중궁궐에서 얼마나 외롭고 얼마나 답답했을까 싶다. 양반 가문에서 태어나긴 했으나 빈한한 집안에서 자라나 오직 집안 하나 살리겠다고 궁궐로 들어가 야심과 운이 따라 마침내 교태전의 주인이 된 윤 씨. 떵떵거리는 집안이 아니기에 외척의 권세를 부릴 수도 없고 천박한 집안 출신이라고 천시하고 경멸하는 시어머니인 인수대비의 차가운 눈길 속에서 오직 믿고 의지할 수 있는 사람은 지아비인 성종뿐이었으리라. 권력지향적인 궁중에서 음모와 배신이 판치는 관계 속에서 자기를 지키는 방법으로는 삿된 속임수와 과도한 집착밖에 없었을 것이다. 무조건 참고 견디며 덕을 쌓는 일 이외에는 권력을 누릴 수 있는 친정이 있는 것도 아니었고 사랑하는 아들 융(나중에 연산군이 됨)을 곁에 두고 키울 수도 없었기 때문에 — 시어머니인 인수대비가 곁에 두고 키우지 못하게 해서 — 그저 성종의 사랑과 관심을 받고자 하는 것에 집착할 수밖에 없었던 것으로 보인다.

　한 여인으로 보면 지극히 당연한 감정의 발로이지만 복잡한 권력구도와 정쟁의 희생양이 된 윤 씨는 투기가 지나쳐 중전의 덕을 잃었다는 이유로 폐비에 이르게 된다. 표면적으로는 심한 투기로 인해 중전의 자리에서 밀려 나오는 것이지만 내면으로는 권력 구조 속에서 뒤를 봐 줄 사람이 없는 탓에 희생이 된 것으로 보인다. 물론 윤 씨의 태생적인 열등감과 그에 반한 야심 탓에 현숙한 덕

을 지니지는 못했지만 지아비를 곁에 두고자 몸부림친 것을 두고
폐비까지 된 것은 지나치게 가혹하다는 생각이 든다. 성종이 어
렸을 적부터 곁에서 모시다가 든 첫정인 만큼 이왕 중전의 자리에
까지 오르게 된 이상, 인수대비는 윤 씨를 품에 껴안아 주었어야
할 것이다. 사람을 바르게 잘 가르치는 것보다 더 중요한 것은 한
을 품게 해서는 안 된다는 사실이다. 인수대비는 자기 양에 차지
않은 며느리를 천하게 여기고 경멸하고 모멸감을 수없이 안겨주
었다. 그 결과 윤 씨는 시어머니를 두려워하며 가까이 갈 수 없게
여겨 거짓말을 하게 되고 삿된 수를 써서라도 살아날 궁리를 하게
된다. 인수대비가 덕이 없는 며느리라고 고개를 젓지만 사실 며
느리에게 덕을 베풀지 않았던 것은 자신이라는 사실을 몰랐던 것
같다. 자신의 의도는 바르고 품위 있게 가르치려고 했다지만 냉
혹하고 야멸차게 대했기에 며느리인 윤 씨에게 남은 것은 한과 두
려움뿐이었다.

여린 남편과 대찬 시어머니의 불화에서 시달리며 눈치만 보며
살아야 했던 윤 씨. 만일 아들 융이라도 자주 보며 키울 수 있었
더라면 그렇게까지 성종에게 집착하지 않았을 수도 있었을 것이
다. 어떻게 보면 윤 씨를 더욱 포악하고 집착하게 만든 것은 시어
머니인 인수대비라고도 할 수 있다. 고부간의 갈등이 나중에 피
비린내 나는 역사를 초래할 만큼 예측하지 못한 결과를 가지고 올
수도 있다는 것. 사료에서는 투기가 심하고 덕이 부족한 윤 씨의

행각에 대해 자세하게 기술한다. 그러나 자료를 읽으면서 그 지경에 이른 윤 씨가 새삼 가엾다는 생각이 든다.

세상에는 용서할 수 있는 사람과 용서할 수 없는 사람이 있다고 한다. 그런데 누가 누구를 용서할 수 있는 것인가. 그러기에 나는 다르게 말하고 싶다.

이해할 수 있는 사람과 이해할 수 없는 사람으로 나눌 수 있다고. 후궁의 처소에 삿된 인형을 두는 것이나 유산을 하도록 익모초를 먹인 올바르지 못한 행동은 비난받아 마땅하지만 그 처지에 이르게 되기까지의 과정은 이해가 된다는 말이다. 물론 이해가 된다고 역사적인 모든 잘못이 용서되는 것은 아니지만 용서는 내 몫이 아니기에 한 인간을 나는 이해하려고 하는 것이다.

유행처럼 번지는 고백

요즘 포털사이트에서는 연예인들의 신체적, 정신적 질병에 대한 고백이 넘쳐난다. 유명 MC인 이경규와 김장훈의 공황장애, 김태원의 건강이상설, 윤종신의 난치병 크론병설, 심수봉의 뇌신경인플레 등…. 많은 사람들의 시선을 먹고 사는 연예인들은 남 보기에는 화려하고 부유한 삶을 사는 것 같아도 평범한 자유가 없는 삶을 살아내야 하기에 그만큼의 고충이 있으리라는 것은 충분히 이해가 간다. 그러기에 연예인들의 삶이 보이는 것만큼 영광과 풍요만 있는 것이 아니라는 것을 시청자들에게, 특히 연예인의 삶을 무조건 지향하는 청소년들에게 인식시키고자 그들이 안고 있는 어려움과 정신적 고충을 공개하는 것인지 의도는 알 만하다. 그럼에도 불구하고 처음 어떤 사람이 자신의 내면에 있는 털어놓기 어려운 증세를 고백할 때는 아 저들도 힘든 점이 있구나 하는 공감이 간다. 그러나 그것이 겹쳐지고 유행처럼 누구나 나도 이런 병이 있네 저런 어려움이 있네 하고 말하는 것을 보면서

226

우리 사회는 너무나 닮음의 행위를 하고 있는 것은 아닌가 하는 생각이 든다.

연예인들이 남 모르는 고충을 안고 사는 것은 냉정하게 보자면 그들이 그만큼 자신의 능력 이상으로 과분하게 누리고 산 대가를 지불하는 것이라고도 볼 수 있다. 물론 안정되지 않은 삶을 살기에 그들의 불안은 높낮이의 폭이 클 것이고 빛이 강하면 어둠이 짙은 것처럼 많은 이의 시선을 받았던 자일수록 무관심의 늪에 빠질 경우 더 힘이 들 수 있다는 것은 인정한다. 그러나 지금 자신이 어떤 병에 걸렸네, 어떤 어려움을 겪네, 하고 말할 수 있는 사람은 어느 정도 정상에 오른 사람이라는 데 문제가 있다. 지금 역시 어려운 상황에 놓여 있는 연예인이나 보통 사람은 그런 말을 할 기회조차 없다. 다시 말하면 더 불안하고 미래가 보장되지 않은 사람들은 그보다 더한 어려움과 질병에 노출되어 있지만 그들이 안고 있는 고통에 대해서는 대중이 무관심하다는 사실을 잊어서는 안 된다. 이렇게 말하는 사람도 있을 수 있다. 우리가 흔히 성공했다고 생각하는 사람들조차 이런 아픔과 어려움이 있으니까 보이는 성공에만 집착하거나 환상을 갖지 말고 이해하면 안 되냐고? 맞다. 그만큼 이 세상이 살기 만만치 않다는 것을 인식시키는 데 일조한다는 것은 분명하다. 그렇지만 간과할 수 없는 사실을 이 기회에 짚고 넘어가고 싶은 거다. 우리는 너무 한쪽에 기울어 관심을 보이고 정작 도움이나 관심을 보여야 하는 쪽에 대중매체가 포커스를 맞추지 않으면 그냥 지나치고 만다는 사실을 이야기하고 싶은 거다.

연예인들의 사랑과 이별, 부적절한 관계, 사는 집, 성형수술, 어떤 옷을 입었나 하는 가십거리를 다루듯이 그들의 질병 소식도 언론매체에게는 한낱 가십거리에 지나지 않을지도 모른다. 다른 사람의 아픔도 이러한 눈요깃감의 뉴스거리에 지나지 않게 만든 것은 대중이고 그 대중의 관심을 이용해 얄팍한 기사거리를 양산해 내는 매체들은 어쩌면 손바닥과 손등의 양면인지도 모른다. 이런 걸 기사거리라고 ㅎㅎ 쓴웃음 지으면서도 클릭하는 우리가 바로 그런 쓸데없는 기사거리를 양산하게 만드는 주범이라는 사실을 알고 있어야 되지 않을까?

눈 내리는 날, 거기가 어디였지? 밖에서 그에게 전화를 거네 이 한마디만으로도 우리
의 대화는 통하네 길이 열리네 나는 알면서도 다시 묻네 거기가 어디였지? 내 털실
목도리를 뜨고 있는 중이었는데 그만 코가 빠졌다고 다시 풀어야겠다고 그는 말하고 나
는 너무 아름답고 길어서 다시 감탄사를 쓰고 싶었다고 그래서였다고 그걸로 털실코를
다시 꿰어보라고 말하네 눈 내리는 날, 운악산 조골마을 외길 시오리 숲길 거길 지금
가보자고 지금 떠나자고 나는 다시 말하네 듣기고 싶지 않은 길, 누가 먼저 발자국을
내면 어쩌겠느냐고 나는 말하네 그는 또 코가 빠졌다고 다시 풀어야겠다고 말하
고 나는 당신을 위해 사둔 속옷과 향수를 오늘 드리겠다고 그걸로 코를 다시 꿰어보라고
말하네 눈 내리는 날, 거기가 어디였지? 밖에서 그에게 전화를 거네.

— 정진규 〈눈 내리는 날〉

작은 욕심과 큰 욕심

드라마 〈인수대비〉를 보다가 남편이 느닷없이 둘째 아들 녀석을 불러놓고 묻는다.

"내가 왕이라고 할 때 내가 형한테 왕위를 계승하려고 하면 너는 어떻겠니?"

"나는 세자 하고 싶지 않아요. 누리는 대가도 만만찮겠지만 져야 하는 책임이 너무 무거워요."

이 이야기를 듣던 첫째 녀석이 둘 사이의 대화에 끼어든다.

"당연히 내가 첫째이니까 세자가 되어야 하는 것 아니에요? 결정적 결격 사유가 없는 한 둘째에게 물어보는 것 자체가 말이 안 돼요."

그러자, 둘째가

"무조건 첫째라고 세자 자리를 주는 것은 합리적이지 않아요. 능력이 있어야 조정의 안위가 보장되는 것이잖아요.

저야 성격상 왕이 누리는 권위보다 왕자로서 누리는 적당한 안락과 부가 훨씬 나으니까 세자를 원하지 않는 것이지만 무조건 첫째라고 세자로 정하는 것은 말이 안 돼요."

하고 정색을 하고 따진다.

"야. 장자 승계를 원칙으로 정했으면 장자가 세자가 되는 거야. 원칙이 무너지면 어지럽게 돼.

그러면 조정신하들이 파를 갈라서 당파에 이용할 수도 있는 거야. 장자가 세자가 되면 안정이 되어서 동생들도 목숨이 보장되고 좋잖아."

"나라는 본인의 의지나 능력이 우선되어야지 장자가 왕이 무조건 되면 신하들의 횡포에 놀아나는 꼴을 당하는 거야.

형은 너무 온순해서 거친 정치에 살아남을 수 없을 거야. 그러면 꽤나 시끄러워질 것이고 덩달아 나도 신하에게 내 뜻과는 상관없이 이용당할 걸."

231

가볍게 한마디 아들에게 물어본 것이 정치를 논하는 자리가 되고 말았다.

"힘들다고 주어진 자리에서 비켜나거나 피하는 것이 잘하는 건 아냐. 보좌하는 사람을 잘 뽑아서 주어진 책임을 다하는 것이 도리야."

큰 녀석이 가상이지만 끝까지 왕의 자리를 내놓지 않을 듯이 주장하는 바람에

"그래 둘 다 맞는 소리야. 그 시절 사람들도 맞고 틀리고가 아니라 자신이 처한 입장에서 유리한 주장을 하다 보니 파가 갈리고 피바람이 불고 하는 거야. 욕심이 큰 그림 보는 것을 가로막는 경우가 가끔 있는 법이란다."

하고 남편이 마무리를 지었다.

처음 제기한 가벼운 이야기가 무거운 정치세계로 넘어가니 옳고 그르고를 가리는 것은 참 어렵다는 생각이 든다.

상황에 따른 입장 차이가 있을 뿐이지 옳고 그른 것이 과연 있을까 하는 생각마저 든다.

아무리 자신의 명분이 옳다 하여도 죄 없는 피를 부르는 과정을 거친다면 자책과 회한에 평생 괴로워해야 할 것이고 윤리적으

232

로 비난을 피하지 못하게 될 것이다. 한편에서는 비록 그렇게 아픈 과정을 거쳐야 하는 비극이 있을지라도 보다 거시적인 안목에서 대내외적으로 나라의 기틀을 굳건하게 하는 데 도움이 된다면 비윤리적이라는 오명을 쓰더라도 누군가는 해내야겠기에 피할 수 없다는 주장을 펼칠 수도 있을 것이다. 그러나 그 속에 숨어 있는, 권력을 향한 욕망은 부인하지 못할 것이다. 정치세계에서 한 마디로 순수라는 것은 없다.

총선을 앞두고 있는 요즘, 정책은 사라지고 인물은 그 인물이 그 인물인 이때 작은 욕심과 큰 욕심이 서로 맞물려 어지럽게 돌아간다.

아무리 옳고 그른 것은 없고 상황에 따라 입장 차이만 있을 뿐이라지만 그래도 과거보다는 조금이라도 나은 정치판을 보고 싶은 마음까지 접기는 쉽지 않다.

봄날은 간다
초록의 평원 위에 보랏빛 꽃잎은 흐드러지게 피었는데
더 이상 아무 말도 할 수 없다

걷기는 짧은 여행이다

특별한 일이 없는 한 매일 저녁 9시쯤이면 집을 나서 근처에 있는 발바닥 공원을 걷는다. 도봉의 십경(十景) 중 하나라고 알려진 이 발바닥 공원은 아파트 숲 가운데 조성된 공원으로 수련이 활짝 피기도 하고 갈대가 눈부시게 흩날리는 연못도 있고 한가운데는 오래된, 키 큰 오동나무가 멋진 모습을 드러내고 있다. 소나무, 향나무, 벚나무, 자귀나무, 단풍나무, 화살나무, 산수유나무 등 여러 나무들이 이제는 제법 커 산책로 위로 아치를 만들어 숲속을 걷고 있는 느낌이 들 정도이다. 그 밖에 키 작은 나무들이 걷는 길가에 나란히 서 있고, 인동초, 구절초, 옥잠화, 샤샤 등 낮은 곳에서 피었다 지는 꽃과 풀들이 어우러져 걸을 때마다 눈과 코를 즐겁게 해준다.

거의 매일 걷다가 보면 마주치는 낯익은 얼굴도 있고, 자주 보이던 얼굴이 보이지 않아 궁금하기도 하다. 아무튼 이렇게 걷는 사람들은 건강을 위해 필사적으로 걷는 경우도 있을 것이고, 취업이나 미용을 위해 다이어트를 목적으로 걷는 경우도 있을 것이다. 그런 사람들은 대개 빠른 속도로 바람처럼 곁을 지나간다. 물론 나의 경우는 건강과 미용의 두 가지 목적이 다 해당되기는 하나 그것보다도 특별한 일은 없었지만 정신없이 보낸 하루를 정리하는 김에 걷는다는 것이 가장 맞아떨어질 것이다.

여행이나 산책은 목적이 전혀 없을 수는 없지만 본질적인 성격은 발길 닿는 대로 가는 것이라고 할 수 있을 것이다. 물론 관광용 여행이 있을 수도 있고 역사여행이나 미술여행, 음악여행처럼 특별한 목적을 가지고 목적지를 향해 떠나는 여행도 있다. 그러나 일반적으로 지금 자신이 있는 장소를 떠나 어디론가 향해 짐을 꾸려 떠나는 것이 바로 여행의 속성이라고 할 수 있다. 그렇다면 장소의 이동이 여행의 가장 큰 표면적 특성이라고 할 수 있는데 과거에 비해 교통수단의 발달로 장소를 이동하는 데 걸리는 시간은 매우 짧아졌다. 자신이 있던 현재의 시간과 공간의 유리에서 공간의 유리는 그대로인 데 반해 시간의 분리는 좀더 짧아진 것이다. 여행에 걸리는 시간이 단축됨에 따라 여행이 좀더 느긋해져야 하는 것이 자연스럽다. 그런데 요즘의 여행은 오히려 목적 없이 발길 닿는 대로 어디론가를 향해 떠나는 여행다운 여행은 점차 사라져 가고 목적이 있는, 어떤 면에서는 일의 연장이라고 할 수 있는 의도적인 여행이 많아졌다.

걷기도 이와 크게 다르지 않다. 목적이 없는 걷기는 비효율적이라고 여겨지게 되었다. 건강을 위해서나 미용을 위해서처럼 특별한 목적을 가지고 걷는 것 이외에 아무 생각 없이 그냥 걷는 것은 쓸모없는 것이라고까지 여기기도 한다. 그런데 가만히 생각해 보면 이것저것 자유롭게 생각하면서 그냥 걷는 것은 인간이기에 할 수 있는 일이 아닐까 싶다. 먹이를 구하기 위해, 잠자리를 구하기 위해 걸어가는 것이 아니라 모든 것이 연결되어 있는 촘촘한 일상의 그물망을 벗어나 텅 빈 시간과 아무도 만나지 않는 공간을 확보하기 위해 그냥 걷는 행위를 할 수 있다는 것이 인간이 동물과 다르다는 것을 보여주는 것이 아닐까?

산책할 수 있다는 것은 산책할 여가를 가진다는 뜻이 아니다. 그것은 어떤 공백을 창조해 낼 수 있다는 것이다.
산책할 수 있다는 것은 우리를 사로잡고 있는 일상사 가운데 어떤 빈틈을, 나로선 도저히 이름 붙일 수 없는 우리의 순수한 사랑 같은 것에 도달할 수 있게 해줄 그 빈틈을 마련할 수 있다는 것을 말한다. 결국 산책이란 우리가 찾을 생각도 하지 않고 있는 것을 우리로 하여금 발견하게 해주는 수단이 아닐까?
— 장 그르니에

걷기는 삶의 불안과 고뇌를 치료하는 약이다. … 인간은 자아의 변두리에 내던져졌다가 중력중심을 회복하기 위하여 걷는다.
— 다비드 르 브르통

그런 면에서 보자면 나는 매일 저녁, 하루에 지친 내 일상을 치유하기 위해 걷고, 의도하지 않은 그 무엇을 발견하기 위해 걷는다. 이 걷기는 특별한 목적 없는 여행과도 일맥상통하다. 분주한 일상으로부터 잠시 떠나 짧은 여행을 하는 것과도 같다. 일을 위해, 관광을 위해 집을 떠나는 것이 아니라 그냥 나를 만나기 위해 목적 없는 짧은 여행을 떠나듯이, 건강을 위해, 체중을 줄여서 좀 더 날씬한 몸매를 갖추기 위해 걷는 것이 아니라 그냥 있는 그대로의 나를 만나기 위해 걷는다는 점에서. 매일 거의 빠짐없이 걸을 수 있는 발바닥 공원이 집 곁에 있는 축복에 감사할 따름이다.

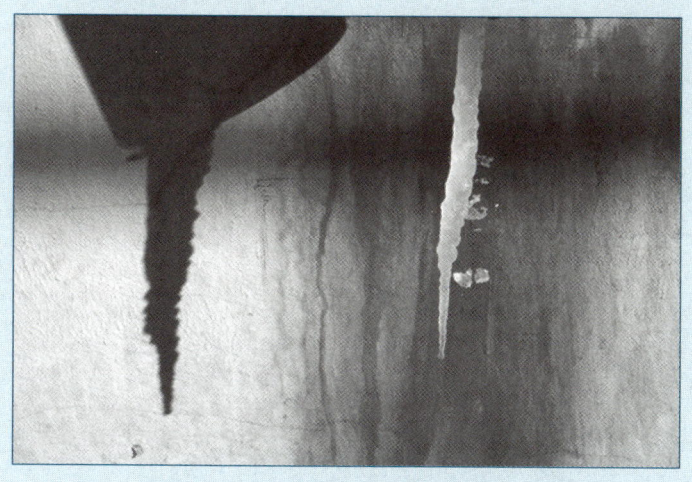

누구라도 한때 저리도 날카롭게 베일 정도로 서늘한 고드름 하나
품에 안고 지내야만 하는 때가 있다
차라리 부러질지언정 차갑고도 곧은 결기를 차마 버리지 못하는 한때
그 純情을 잡아내다

봄날이 오면 형체도 없이 녹아 사라지리라
그러나 존재하는 한 더 차갑게 더 날카롭게 버티리라
그러다가 녹기 전 차라리 부러지고 말리라

그 사람은 환영이었나?

북한산에 오르다가 길을 잃었다. 우이암으로 올라갈 예정이었는데 갈림길에서 그만 "아차"하는 순간 어느 길인지 헷갈려서 다른 길로 접어들게 되었다. 늘 다니던 길인데도 잠시 다른 생각을 하면서 발길 닿는 대로 걷다가 보면 이렇게 길을 잃기도 한다. 아무래도 낯선 길이라 지나가는 사람을 기다렸다. 한참 뒤에 혼자 산을 오르는 같은 나이 또래의 여자분을 보게 되어 반가운 마음에 길을 잃었는데 어디로 가시느냐고 물었더니 북한산에서 도봉산으로 건너가는 길이라고 했다. 같이 가도 되냐고 동반을 청했더니 시원하게 그러라고 해서 같이 걷게 되었다.

날랜 폼이 제법 산을 탄 것 같이 보이고 입고 있는 옷이 등반력을 입증해 주는 것 같았다. 같이 걸으면서 언제부터 산을 오르내리기 시작했냐고 물었더니 한 6, 7년 되어가는 것 같다고 했다. 왜 혼자서 그렇게 산에 가냐고 되묻기에 그때그때 상황에 따라 다르기는 하지만 짝을 맞추어 가다가 보면 산에 오르는 기회가 줄어

240

들어 내키는 대로 가는 편이라고 말했더니 본인은 6년 전쯤 죽을 병을 진단받고 세상을 버리는 셈치고 산이나 오르다가 죽으련다 하는 심정으로 시작했다고 말하는 게 아닌가.

아이들은 아직 어리고 살림도 자리 잡지 못한 상태에서 혈관과 신장관련 질병으로 시한부 선고를 받고 나니 그동안 열심히 살면서 남편과 아이들에게만 집중해서 살아온 것이 너무나 허망하기도 하고 남겨질 식구들이 또 불쌍하기도 하고 다른 세상으로 가야 할 자신이 억울하기도 하여 눈물로써 남편에게 호소했단다. 의사가 병을 고치는 데 약 1억 정도 들지 모르며 완치하는 것조차도 확실하게 보장할 수는 없다고 그러더란다. 살고 있는 집을 팔아서라도 한번 시도해보고 싶은 마음이 간절해서 남편에게 울면서 호소했단다. 한번 시도나 해보자고. 그때 말없이 고개만 떨어뜨리는 남편이 그렇게나 야속하더라고 그랬다. 어쩌면 죽을지도 모르는 아내를 치료하느라고 살고 있는 집을 팔려고 하니 용기가 들지 않았는지도 모르겠다면서 지금이야 이해가 가지만 그때는 그동안 남편과 함께 살아온 세월이 도대체 무슨 의미가 있나 하는 생각과 더불어 더 이상 매달리고 싶은 생각이 없어지더란다. 그래서 이왕 죽을 목숨 하고 싶은 것이나 하고 죽자는 심정으로 산에 오르기 시작했다고 한다.

1년 정도를 매일 힘닿는 대로 산에 올랐다고 했다. 비가 오나 바람 부나 조금씩이라도 올라가서 숨이라도 크게 쉬고 나면 나아지는 듯해서 무조건 하루에 한 번씩은 산에 오르기 시작한 지 벌써 6년여의 세월. 의사가 선고한 시한은 지난 지 이미 오래전. 물론 그동안 식이요법과 다른 간단한 시술은 병행하면서 한 등산이었지만 오늘의 이런 결과를 낳을지는 생각도 하지 못했다고 했다. 죽기 전에 하고 싶은 공부나 하다가 죽자고 동국대 국문과 대학원에 진학해 석사 논문도 몇 년에 걸쳐 다 썼다고 했다. 미리 포기하고 죽어가면서 기다리기보다는 하고 싶은 것을 하다가 죽는 것이 행복할 것이라는 고집에 남편도 어쩌지 못하고 지켜보기만 했다고. 그 덕분에 안 가본 길은 없을 거라고 하면서 나를 이리저리 데리고 다니면서 설명까지 해주었다.

이야기하다가 보니 커다란 바위에 도착했다. 그 바위에는 中心이라고 한자가 크게 쓰여 있었다. 북한산과 도봉산의 가운데라는 뜻이라고 설명해 주었다. 그다지 높은 곳은 아니었지만 수차례 북한산과 도봉산을 오르내렸어도 처음 보는 곳이었다. 그 바위에 앉아 나희덕, 이남호, 황현산, 이문재, 문태준의 시들에 대해 이야기도 나누며 죽을병 앞에서 곁에 있는 사람이 솔직해질 수밖에 없더라는 가슴속에 담겨 있던 내밀한 이야기를 한참 동안 풀어내었다. 이제는 살아도 좋고 죽어도 좋다는 담담한 그녀의 이야기를 들으면서 참 우리는 뭐가 중요한지 모르면서 바둥바둥 대며 살고 있구나 하는 생각을 하게 되었다. 무엇이 옳고 그르고 중요하고 사소한 것인지는 제삼자가 판단할 수 없는 문제가 아닌가 하는 생각도 들었다. 살아가는 것은 그 자체가 중요한 것이고 그러기에 그 주체가 자신일 때 내리는 결정과 판단은 주관적일 수밖에 없다. 삶이란 명제 앞에서는 최대한 다른 사람의 주관을 존중해주어야 하며 그 주관끼리의 상충을 어떻게 조화롭게 할 것인지가 우리의 숙제라는 생각도 들었다.

산에서 내려오는 길에는 단풍이 물들어가기 시작하고 있었다. 그러나 삶과 죽음의 경계를 지나온 그녀의 얼굴은 아무런 빛깔도 내보이지 않았다. 그냥 담담 그 자체였다. 집착도 벗어버리고 욕심도 벗어버린 듯한 얼굴과 말투였다. 그렇게 속마음까지 다 이야기할 정도면 서로 전화번호 정도는 묻고 주고받을 만한데도 아무 연락처 없이 산 입구에 다다르자 손을 흔들며 헤어지고 말았다. 뾰족한 첨탑이 서 있는 붉은 벽돌의 방학동 성당 옆을 지나며 오늘 가을 산행이 주는 의미를 다시 한 번 되새겨 보았다. 매사 너무 손에 잡으려고 애쓰지 말 것이나 하고 싶은 일은 늦은 때가 없다고 생각하고 시도할 것. 그러나 최선이라고 정해진 것은 없으니까 너무 바둥바둥 대지 말 것. 이 두 가지를 가슴에 새기고 걸어오면서 그녀를 다시 한 번 보기 위해 고개를 돌렸으나 이미 다른 길로 사라지고 없었다. 내가 만났던 사람은 가을 산의 얼굴을 한 환영이었나?

지키면서 바꾸어가면서

컴퓨터가 말썽을 부려 할 수 없이 바꾸기로 하였다. 그동안 작업해왔던 자료들을 이동식 USB에 옮겨 심어 새 컴퓨터에 이식했고 복잡하던 것들을 일소하여 말끔하게 정리를 했다. 외관도 말끔하고 책상 위도 새살림을 차린 듯 깔끔하게 정돈하였다. 머릿속이 개운해진 듯하여 뇌청소를 한 듯하다고 했더니 컴퓨터 작업을 한 사람이 USB는 뇌가 아니고 CP가 뇌의 역할을 하는 것이라고 정정해 준다. USB는 자료정리함에 비유될 만하지 뇌는 전체를 관장하는 것이기 때문에 CP가 뇌라고 하는 것이 옳다고 한다.

한 개인의 정체성을 대변할 수 있는 것은 그 사람의 존재를 다른 개별체와 구분해 줄 수 있는 사고의 틀인 뇌라고 할 수 있지 않을까 싶다. 물론 외양은 그 사유의 색깔과 무늬와 깊이와 넓이를 반영하는 외피이기 때문에 별도로 분리해서 생각할 수 있는 것은 아니지만 다른 것으로 대체가 가능하다고 보는 측면에서는 정체성 그 자체로 보기에는 무리가 있을 것이다. 그런데 한 개체와 다른 개체 사이의 어떤 구별이 가능한 외양이 오랜 시간을 지나는 동안 외양에 의해 사고의 폭과 넓이가 정해지기도 하고 내면의 의식에 의해 외양이 변해가기도 하는 점을 감안해 본다면 한 개인이 지닌 정체성은 내면에 의해 구별되는 것은 확실하지만 외양과 내면을 분리해서 보는 데는 한계가 있지 않을까 싶다.

외국에서 심한 사고를 당한 사람이 안면기형과 신체적 불편을 해소하기 위해 상당히 많은 부분을 성형 수술하고 난 뒤 지금까지 살아오던 모습과 상당히 달라진 자신의 모습을 보고 익숙해지지 않아서 힘겨워하며 도대체 지금까지 자기의 생각과 느낌을 끌고 오던 자신의 몸은 뭐였던가 하는 생각으로 몹시 헷갈려 한다는 기사를 본 적이 있다. 거울을 통해 익숙하던 자신의 모습이 아닌 전혀 다른 자신의 모습에 당황해 하며 낯설어하는 그를 보면서 외양이 내면의 반영이라고 단정 지을 수는 없다는 생각이 들었다. 페이스오프한 것처럼 모든 사람들이 자기를 다른 사람으로 인식할 경우에 제삼자에 의한 한 개인의 정체성을 구분하는 것은 그 사람의 기억에 의한 것으로 보아야 하는 것인지 그 사람을 그 사람으로 보이게 하는 외양에 의한 것인지 그 사람을 그 사람으로 생각하게 하는 그 사람의 생각에 의한 것인지 모호한 경우가 많다.

나를 나답게 만드는 것은 과연 무엇인가? 지금까지 나를 형성해 온 시간과 공간의 교직이 빚어낸 이 시점에 서 있는 그대로의 나. 보는 각도와 시점에 따라 달라지고 이해관계에 따라 다르게 평가

되는 나. 그것이 때로는 굴절되고 때로는 역광에 의해 형체가 불분명해지기도 하고 직광에 의해 똑바로 보기가 불편하기도 하며 어둠 때문에 잘 보이지 않을 때도 있으리라. 그러나 수시로 변해가는 나 자신이지만 나란 한 인간이 본질적으로는 변하지 않는 그 무엇이 아닐까. 그것이 나 자신의 정체성일 테고 언어의 칼로 낱낱이 토막 낼 수는 없지만 한 덩어리 그 자체로서 '나'라고 할 수 있다.

아무리 겉모습을 바꾸고 생각을 바꾸더라도 바뀌지 않는 그 무엇이 있을 것이다. 그것이 타고난 본성이며 불교식으로 보면 카르마라고 할 수 있고 기독교식으로 보면 하느님의 뜻이라고 할 수 있는 것이다. 그것을 찾아가는 소중한 과정이 바로 오늘이다. 비록 내 뇌리에서 USB를 꺼내 바꿀 수 없고 CP를 바꿀 수는 없지만, 모니터 바꾸듯이 내 얼굴을 바꿀 수 없고 키보드를 바꾸듯이 내 사지를 바꿀 수 없지만 생각과 겉모습을 새롭게 닦아가며 진화해 가며 노력 여하에 따라 나아질 수는 있을 것이다. 내 본성은 지키면서 말이다.

어떤 수필에서 읽은 구절이 생각난다. "지금까지 내가 지켜온 것들이 나를 지키리라." 내가 소중하게 생각하고 여겨왔던 것들이 앞으로도 내가 걸어가는 길에서 부딪히는 수많은 유혹과 망설임 속에서 나를 온전하고 반듯하게 지켜 주리라는 뜻으로 해석한다. 지켜야 할 것과 바꿔야 할 것을 제대로 아는 것, 그것이 내게 주어진 숙제이다.

어디에 초점을 맞추는가에 따라 프레임은 달라진다.

푸른 가지는 프레임 속에 들어오지 않고 가지와 빛의 향연만 틀 속에 갇힌다.

우리가 살고 있는 세상에서도 보고자 하는 틀 안의 어떤 퍼즐 조각만

보고 느낄 뿐일지도 모른다.

어떤 프레임으로 세상을 잡을 것인가 또 바라볼 것인가는 바로 내게 달린 일

미시적인 틀과 거시적인 틀의 조화와 균형이 삶을 안정되게 할 것이다.

안정과 변화 그리고 빛과 그림자.

작은 사진 하나에 많은 생각의 깃털을 날아 올리다.

부산영화제를 다녀와서

#1

제15회 부산국제영화제에 다녀오다. 유명한 국제영화제로 이미 자리 잡은 부산영화제는 스크린에서나 볼 수 있음 직한 배우들을 가까이서 볼 수 있다는 재미 이외에도 스페인, 체코, 멕시코, 일본, 중국 등 여러 나라의 영화들을 골라서 맛볼 수 있다는 점 때문에 10월이면 마음은 이미 부산으로 향하고는 한다. 영화에 남다른 안목까지는 아니지만 관심은 가지고 있기에 상당한 출혈을 감수하고 부산으로 향한다. 보고자 하는 영화와 일정이 맞지 않아 〈만추〉와 〈색, 계〉에 나왔던 탕웨이 주연, 장이모우 감독의 〈산사나무 아래〉는 아쉽지만 다음에 보기로 하고 이번 시간에 맞게 고른 영화는 독일영화 〈침묵〉과 크로아티아 영화 〈마레의 집〉 두 편이다.

　〈침묵〉을 통해서 감독이 관객에게 전하고자 하는 메시지는 범행을 저지른 범인보다 그 범행을 목격해야만 했던 목격자가 겪어야만 하는 죄책감, 그러나 그 목격자가 용의자가 되면서 파헤쳐져야 하는 한 개인의 행적과 사생활 그리고 영문 모르고 상처받아야 하는 아내와 아이들, 피해자의 가족이 겪어야 하는 결코 잊을수 없는 아픔이 심리묘사를 중심으로 그려진다. 정작 범인은 교묘하게 자신을 은폐시키고 살아남는다. 담당형사가 아무리 진실을 파헤치려고 해도 그의 상관은 골치 아픈 오래된 사건을 조용히 마무리 짓고 싶어 하고, 결국 범인은 밝혀지지 않은 채 목격자가 정황상 범인으로 지목된다. 그 목격자는 사건을 지켜봐야 했던 죄책감에 견디지 못하고 호수에 차를 탄 채 자살을 시도하여 사건 내막은 진실을 가린 채 막을 내리고 만다. 범인은 아무런 일도 없었다는 듯이 유유하게 일상을 살아가고 ….

〈마레의 집〉에서는 별다른 사건은 없으나 집을 사기 위해 경제적으로 무리를 하고, 엎친 데 덮친 격으로 해고까지 당한 주인공 부부는 좌절 속에서 헤어날 방법을 찾지 못한 채 살아가고 있다. 결국 아내가 아이를 데리고 집을 나와 떠돌이 삶을 잠시 살게 된다. 친구의 집에 가지만 티격태격하는 그들의 결혼생활에 잠시라도 머물 수 없음을 알고 집을 나와 갈 곳이 없어 차에서 머물게 되다가 어느 건물 경비원의 눈에 띄게 되어 하룻밤을 건물 안에서 보내게 된다. 이 영화에 등장하는 인물들은 겉으로 보면 평범한 사람 같지만 다 외로운 사람들이며 서로 소통되지 않는 삶 때문에 괴로워한다. 그러나 힘겨워하는 잔코 부부나 혼자 살면서 CCTV로 다른 사람들을 지켜보면서 따뜻한 가정을 꿈꾸는 경비원처럼 겉으로는 멀쩡하게 보이는 삶을 살아간다. 감독은 이 영화를 통해서 누구나 따뜻한 가정을 꿈꾸고 원하지만 실상 우리가 사는 삶은 서로 소통되지 않는 메마른 관계임을 말하고 싶어 한다. 마지막 장면에서 아이의 전화를 받고 나타난 남편이 아내의 차를 밀어주는 장면에서 결국 돌아갈 곳은 집임을 암시하는데 개연성이나 서사구조가 좀 약한 것이 흠이라고 할 수 있다. 이 영화를 보면서 근래의 한국영화가 상대적으로 훨씬 더 탄탄하고 심리묘사에 탁월하다는 느낌을 받았다.

두 영화를 보면서 의도가 과잉 표현된 예술영화라는 생각을 하게 되었다. 관객에게 전달하고자 하는 의미부여를 지나치게 강조하다 보니 정작 영화가 주는 재미나 감각적인 면은 놓친 것이 아닌가 하는 생각을 하게 되었다. 보이지 않는 부분을 강조하고자 하는 의도가 지나쳐, 보이는 부분의 감각과 개연성을 구체화 시키는 것을 놓친 점이 아쉽게 여겨졌다. 그리고 남포동에 있는 대영시네마에서 한 편을 보고 해운대 CGV까지 허겁지겁 지하철로 한 시간 가까이 달려가 영화를 보자니 10분 늦게 입장하는 실례를 범하지 않을 수 없었던 점이 또 걸렸고. 그러나 토요일 아침에 하는 영화를 보고자 저녁부터 자리를 깔고 불편한 잠을 마다하지 않는 수많은 젊은이들을 보면서 치기어린 이런 열정이 한국영화의 내일을 밝히는 원동력이 되는 것이라 위로를 삼으면서 부산영화제를 찾는 맛은 바로 이런 들뜸과 부산스럽고 불편한 것도 마다하지 않는 객기에 있는 것이 아닐까 싶었다.

#2

해운대 백사장에 줄을 지어 서 있는 수많은 가설홍보관들. 시간을 정해 나눠주는 선물인 화장품과 잡지, 담요, 가방 등을 받으러 줄 서 있는 사람들의 흥청거림. 스마트폰 실연과 인터넷매체의 직접시연과 서비스. 공형진, 공효진 등 많은 스타들이 출연하는 보이는 라디오 방송과 관중인 동시에 청중인 사람들의 살아있는 표정과 분위기는 영화제를 한껏 더 달구고 있었다.

그런데 모래언덕을 넘어 바다를 바라보려고 하는 순간, 눈에 띈 것은 쓰러져 있는 젊은 여성. 어깨를 거의 드러내다시피 한 짧은 옷차림의 한 여성이 파도가 밀려오는 바닷가에 쓰러져 있었다. 정신을 잃고 쓰러져 있는데 수많은 사람들이 지나가도 사진만 찍을 뿐 아무도 가까이 다가서지 않는다. 다른 사람을 불러보지만 "걱정이 되면 신고하세요"란 말만 할 뿐 관심조차 갖지 않는다. 할 수 없이 112에 신고를 했다. 조금 있으니 해양경찰이 다가와 여자를 일으켜 세우려고 하나 이리 쓰러지고 저리 쓰러지고 해서 할 수 없이 두 사람이 양 겨드랑이를 잡고 부축한다. 옆에 있는 부스에 가서 홍보담요를 얻어 갖다 주니 어깨에 걸쳐서 겨우 질질 끌고 가다시피 하여 데리고 간다.

어제 본 영화보다 더 영화 같은 한 장면이다. 이유도 모르고 상황도 정확히 판단되지는 않지만 이렇게 쓰러져 있던 시간은 상당히 오래되어 보인다. 그런데도 불구하고 아무도 관심을 갖지 않고 그냥 둔 것을 보면서 만약 영화에 이런 장면이 나왔다면 지나친 우연이라고 비판했거나 개연성 부족이라고 씹었을 것 같다. 그러고 보니 현실은 영화보다 더 우연이 남발하고 상황판단이 안 되는 경우가 많은 것 같다. 소외된 사람들에게 관심을 갖는 사람이 등장하는 것은 영화에서나 가능한 일이고 현실에서는 그런 일이 일어났는데도 불구하고 아무도 신고하지도 않고 내버려둔다. 골치 아픈 일에 말려들지 않고 싶어 하는 현대인의 속성을 너무나 적나라하게 본, 영화제의 영화보다 더 영화 같은, 다음날 풍경 하나.

#3

서울로 돌아오는 KTX 특실. 혼자 앉는 자리 옆에는 복도를 사이에 두고 두 사람이 같이 앉을 수 있는 좌석이 배치되어 있다.

내 옆 좌석에 아주 멋있는 남자가 앉는다. 약간 파르스름한 줄이 세로로 된 와이셔츠를 입고 줄을 날카롭게 세운 바지를 입은 그 남자는 약간 곱슬머리에 갈색 뿔테 안경을 썼고 빨간색과 베이지색을 스트라이프로 한 구찌 가방을 크로스로 메고 있어 보기에도 보통 멋쟁이가 아니다. 스타벅스 원두커피 테이크아웃 컵을 손에 들고 자리에 앉자마자 금속성이 반짝이는 만년필을 꺼내 무언가를 메모하고는 귀에 이어폰을 꼽고 스마트폰으로 무언가를 열심히 하고 있어 비즈니스맨이 틀림없으며 척 보기에 특실을 자주 이용하는 사람 냄새를 팍팍 풍긴다. 미리 예약을 하지 않았더니 토요일이라 자리가 없어 할 수 없이 처음 특실을 이용하는 나로서는 특실 이용객들의 입성과 행동거지가 좀 달라 보여 유심히 살펴보았다. 아! 이런 사람들이 돈에 상관없이 KTX 특실을 이용하는구나 하는 생각을 하면서 제공되는 신문을 뒤적이고 있었다.

한 시간쯤 달렸을까? 승무원의 좌석체크가 있더니 바로 내 옆의 남자 앞에 와 "미안하지만 좌석을 옮겨줄 것"을 말하지 않는가? 결국 그렇게 멋있어 보이던 남자는 특실이 아닌 다른 객실로 옮겨 가는 게 아닌가. 좌석이 없어 특실에 와 앉았는지 아니면 일반 좌석표를 끊어 특실에 와 앉아 가려던 것인지는 알 수 없다. 다만 확실한 것은 특실은 빈 좌석이 많았기에 그 사람이 특실표가 없어 표를 끊지 못한 것은 아니라는 사실이다. 그렇게 멋있게 차려입고 돈도 있어 보이는 사람이 왜 특실표를 끊지 않고서 특실좌석에 앉았다가 그런 수모를 당하는지 알 수 없다.

아침에 백사장에서 쓰러져 있던, 정신 차리지 못한 여자와 갖은 멋을 부리고 상당히 있어 보이면서도 표도 없이 특실 좌석에 와 점잖게 앉았다가 쫓겨 가는 남자.

일상에는 이런 사람들이 심심찮게 보인다. 물론 나처럼 평범하고 눈에 띄지 않는 사람이 훨씬 더 많다. 그러나 이렇게 일상에서 남다르게 사는 사람들이 있기에 영화는 다른 삶을 사는 사람들을 타깃 삼아 영화 속에 등장시키고 그들의 삶을 조명하고자 애쓰는 게 아닐까? 그래서 우리 같은 평범한 사람들은 화면 속에서 그들의 삶을 일별하고 삶 속에 숨어 있는 진실과 아픔을 찾아보려고 기웃대는 것인지도 모른다.

4

객실 안에서 읽은 신문에서 흘깃 본 박노해 시인의 삶.

빨간 양말을 신고서 "내 열정은 발바닥에 있다" 미소 지으며 인터뷰하는 시인.

"나는 발바닥 사랑만을 믿는다. 머리는 너무 빨리 돌아가고 생각은 너무 쉽게 뒤바뀌고 마음은 날씨보다 더 변덕스럽다. 사람은 자신의 발이 그리로 가면 머리도 가슴도 함께 따라간다"며 발바닥이 가는 곳에 마음도 따라간다고 하며 생각에 멈추지 않고 몸으로 실천하는 사랑이 중요함을 설파하는 시인. 턱수염이 "마음의 그린벨트"라고 은유하는 시인. 한국에서 1980년대를 거쳐 온 사람치고 얼굴 없는 노동자 시인 박노해를 모르는 사람은 잘 없으리라. 박해받는 노동자의 해방이란 의미에서 박노해로 이름 지은 그는 해방을 꿈꾼 대가로 8년간의 투옥생활을 해야만 했다. '주의자'가 되기보다 '위주자'가 되기로 마음을 바꾼 그는 이제 만년필로 시를 쓰기보다 카메라렌즈로 사랑의 초점을 바꾼다. 국내의 열악한 상황보다 더 처참한 상황이 있는 국외로 시선을 넓혀 나눔을 노래한다. 압축성장이 가져온 탐욕과 포퓰리즘의 트랙에서 벗어나 자신의 초원을 찾아가야 함을 깨달은 그는 대안적 모델을 찾아 좀더 넓은 세상을 헤맨다.

〈참 사람이 사는 법〉이란 시로 어떻게 살아야 하는가에 대해 대답한다.

손해 보더라도 착하게
친절하게 살자
상처 받더라도 정직하게
마음을 열고 살자
뒤처지더라도 서로 돕고
함께 나누며 살자
우리 삶은 사람을 상대하기보다

하늘을 상대로 하는 거다
우리 일은 세상의 빛을 보기보다
내 안의 빛을 찾는 거다

영화보다 더 영화 같이 사는 또 다른 남자 하나 시인 박노해를 신문에서 읽다. 공동선을 위해 자신을 엄격하게 채찍질하는, 스스로 '꼴보수'라 자처하는 시인을 통해 현실과 이상 사이의 거리를 잠시 재보다.

#5

신문을 읽고 나서 손에 든 책, 페터 한트케의 《페널티킥 앞에 선 골키퍼의 불안》을 마침내 다 읽다.

등장인물인 요제프 블로흐는 전에 골키퍼였으나 건축공사장에서 조립공으로 일한다. 어느 날 늦게 출근하여 현장감독이 힐끗 보는 것을 해고당하는 것으로 해석하여 일터를 떠나 헤매는 과정에서의 무의미해 보이는 일상과 불안, 방황을 통해서 언어의 소통되지 않음이 주는 단절과 절망을 실험적으로 그려낸다. 블로흐 자신도 확신하지 못하는 행위의 동기 그리고 의미를 여러 각도로 조명한다. 블로흐가 그러한 방황 속에서 만난 여자가 "오늘 일하러 가지 않으세요?"라고 묻자, 그는 해고된 자신에게 압박을 가한 다는 이유만으로 목 졸라 죽이고 만다. 그러면서도 아무 일도 없었다는 듯이 계속 떠돌아다니고 경찰은 범행 사실을 확인하고 수사망을 좁혀 온다. 수사망이 좁혀지자 블르흐는 운동장으로 가축구게임을 보며 페널티킥 앞에 선 골키퍼를 바라본다. 자신이 바로 그 골키퍼가 된 느낌으로 "공을 차기 위해 키커가 달려 나오면, 골키퍼는 무의식적으로 슈팅도 되기 전에 이미 키커가 공을 찰 방향으로 몸을 움직이게 됩니다. 골키퍼에게는 한 줄기 지푸라기로 문을 막으려는 것과 똑같아요" 하면서.

개연성 있는 특정한 사건이 중심이 되는 것이 아니라 소통이 단절된 한 인간의 무의식 세계에 자리 잡고 있는 불안의 흐름을 짚어가는 이 소설은 우리가 살아가는 바로 이 세상이 사실은 누구에게나 페널티킥 앞에 선 골키퍼의 지푸라기라도 잡으려는 불안과 같음을 시사한다. 아니 골키퍼와 같이 키커도 불안하기는 마찬가지가 아닐까? 한없이 넓어 보이는 골문 안으로 반드시 골을 집어넣어야 하는 키커나 반드시 막아내야 하는 골키퍼나 절체절명의 순간에 서기는 마찬가지다. 그것이 부조리한 우리네 삶이라는 것을 페터 한트케는 정통 소설방식을 벗어나 실험적으로 접근해 말하고자 한다.

6

서울을 떠나 스물아홉 시간 만에 다시 돌아오다. 짧다면 짧은 그 시간 안에 보고 겪은 것들.

현실은 어떤 면에서 더 우연적이고 극적이다. 그런데도 불구하고 막상 그러한 것에 부딪치면 사람들은 덤덤하다. 그러면서도 영화나 책을 통해 그러한 것들과 만나면 감동을 받거나 새삼 새로운 것을 깨달은 양 수선을 떨거나 가슴 벅차 한다. 극적으로 표현된 작가나 감독의 의도된 그물망에 빠지는 것이다. 잠시 현실을 떠나 단절과 불안과 좌절의 환상 속에서의 시간을 마무리하고 이제는 돌아와야 한다. 서울역은 바삐 움직이는 많은 사람들로 정신없다. 나 역시 그 흐름 속에 다시 돌아가 보통 사람이 되어야 함을 안다. 누구나 박노해나 블르흐가 될 수 없고 또 될 필요도 없다. 다만 자기가 지금 서 있는 자리에서 흔들리지 않고 걸어가면 되는 것이다.

부산은 그런 면에서 잠시 해방구였고 꿈이었고 서울은 내게 걸어가야 하는 현실이다. 스물아홉 시간의 떠남은 충분하지는 않지만 내게 있어서 다시 돌아옴의 의미를 새롭게 해준다.

한 사람이 세상에 빛을 본 날을 생일이라 이름 한다.

바로 그날인지는 모르겠으나 서류상에 남아 있는 흔적의 날에 축하 꽃다발을 받는다.

저 꽃다발, 그 속에 숨어 있는 인사를 고맙게 받는다.

내 너를 바라보며 힘듦과 우울을 날려 보내리라.

그냥 웃으며 힘내서 일어서리라.

그리고 무소의 뿔처럼 혼자 걸어가리라.

고마워 그리고 사랑해 많이 많이.

브람스가 내게 전하는 말

라디오에서 나오는 선율에 그만 가슴이 먹먹하였다. 딱히 슬픈 일도 없고 가슴이 찢어지는 아픔도 없는데 왜 그런지 바이올린 선율을 듣는 순간 눈가에 물기가 맺혀 아무 말도 할 수 없었다. 음악에 대한 귀가 어두워 같은 곡을 몇 번이나 들어도 누구 것인지 헷갈린 적이 많고 연주자의 연주에 따라 맛이 달라진다고 하는 예민한 감상자를 보면 부러울 정도로 둔한 음감의 소유자이기에 그냥 듣는 순간이 좋아서 자주 듣는 편이지 알고 듣거나 골라서 듣는 편은 아니다. 그런데 오늘 라디오에서 우연히 들은 곡은 유난히 가슴을 치고 울리며 내게 다가왔다. 빠르고도 활기찬 음률인데도 왜 그렇게 슬프게 내 가슴에 그 음표가 박히는 것인지 마치 날카로운 금속으로 가슴을 날카롭게 저미는 듯한 고통이 느껴지는지 알 수 없었다. 차갑고 쓸쓸함이 곡조의 활기를 넘어섰고 애절함이 바이올린의 현을 따라 가늘게 떨려 숨이 가빠지다가 멎는 것 같은 느낌을 받았다. 손에 쥐고 있던 신문도 내려놓고 오로지

귀만 열고 앉아 있었다. 31분이나 되는 연주가 끝난 뒤 해설자가 브람스의 바이올린 협주곡 D장조, 작품 77번이라고 알려줄 때까지 아무것도 할 수 없었다. 연주자는 완벽한 테크닉과 따뜻하면서도 강렬한 음색, 놀라울 만큼 큰 스케일의 표현력을 가진 데이비드 오이스트라흐이고 클리블랜드 오케스트라 협연이라는 해설을 덧붙여주었다.

　브람스라는 말을 듣는데 동시에 슈만의 미망인 클라라가 떠올랐다. 엄격하게 자신을 지켜가며 클라라에 대한 사랑을 결코 세속적인 차원으로 떨어뜨리지 않으려고 애썼던 브람스의 고결한 사랑이 자동적으로 머리에 떠올랐다. 지독한 사랑을 앓으면서 작곡을 병행했던 슈만의 정신적 고통은 클라라에 의해 완화되기에는 너무나 깊었고 힘겨웠다. 슈만은 클라라의 아버지가 허락하지 않는 사랑을 지켜가기에 너무 힘겨워 강물로 뛰어들어 자살을 하고 만다. 비록 음악이 그를 지켜주었으나 사랑을 지키기에는 역부족이었다. 스승인 슈만의 비극적인 행로를 지켜봐야만 했던 브람스는 홀로 남은 클라라를 향한 자신의 사랑은 가슴에 묻기로 한다. 그러기에 브람스는 자신의 내면에 깔린 짙은 우수와 고독을 감미로운 선율로 표현할 수밖에 없었고 클라라를 곱게 지켜주는 사랑으로 대신하는 삶을 선택한다. 그러한 깊은 울림의 사랑의 역사를 알고 있기에 브람스의 바이올린 협주곡이 내게는 이 곡을 작곡하던 순간의 작곡가의 의도와는 상관없이 깊은 내상의 울림으로 다가왔는지 모른다.

　나중에 책을 찾아보니 브람스의 바이올린 협주곡의 1악장은 선이 굵고 당당하면서도 서정적인 취향이 깃들어 있고 2악장에서는 부드럽고 애수의 그림자를 수반한 오보에의 선율이 인상적이라는 해설이 쓰여 있었다. 정통적인 해설가의 해설인 만큼 곡 해석에 있어서는 정확할 것이다. 그런데 이 곡을 듣던 나에게는 화려함도 당당함도 다가오지 않고 흐느낌만 애처롭게 다가와 가슴이 먹먹해지는 것을 보면 감상자인 나는 보편적인 정서를 가지지 않았나 보다. 작곡가의 의도와 연주자의 의도가 전혀 전달되지 않고 자기 스스로의 감상에 빠져 즐거운 곡을 슬픔으로 받아들이고 빠르고 쾌활한 곡을 듣고 격랑의 소용돌이의 비탄을 느낀다면 어떻게 해석해야 할 것인가 하는 어지러운 생각이 든다. 곡 그 자체의 표현과 의도보다 사전 정보나 지식에 의해 의도되지 않은 감상이 스며들었거나 그 곡을 들을 때의 감상자의 감정 상태에 따라 전혀 다르게 감상하고 해석하는 것은 자유로운 감상으로 보아야 하는가 아니면 기본적인 감상지식이나 보편적 정서를 갖추지 못했기에 곡에 대한 기본적인 지식을 학습해야 하는 것인가 하는 물음을 낳는다.

　전문적인 평자도 아니고 공적인 자리에서 공식적인 의견을 피력해야 하는 것도 아닌 만큼 내 마음대로 곡을 듣고 즐기거나 슬퍼하거나 하면서 내 자신의 곡으로 해석하기로 마음먹어 본다.

전문가의 해설이 어떻든 브람스의 바이올린 협주곡 D장조는 예기치 않게 만난 깊숙한 나 자신의 밑바닥을 건드려 보게 해주었다. 생기발랄하고 화려하며 발랄한 악상이 전개된다는 설명에도 불구하고 내 귓전에는 화려한 슬픔이 변주되고 있으며 아직도 그 깊은 울림에서 빠져 나오지 못하고 있다. 브람스가 내게만 특별히 하고 싶었던 말을 내가 드디어 알아채고 만 것은 아닐까? 데이비드 오이스트라흐의 손길을 빌려서 말이다.

보이는 것보다 더 많은 대화를 안고 있는 풍경 속에서 봄은 무르익어간다

바라보는 것이 눈물겨운 어느 하루 ….

삶의 무늬

십 대의 멋모르는 파릇파릇함, 이십 대의 방황과 부질없는 열정, 삼십 대의 안정과 적응, 사십 대의 정신없는 방향 잃은 분주함과 가끔 찾아오는 우울함, 오십 대의 헛된 기대와 실망 그리고 시간적 여유와 나른함, 육십 대의 허망함과 노곤함 …. 이런 모든 감정들이 얼핏 보면 다 부질없어 보인다. 그런데 이상하게도 요즘은 그 어느 것 하나 소중하지 않은 것이 없다는 생각이 든다. 어떤 사람은 나이 들어 보니까 다 부질 없더라, 굳이 애면글면 하면서 살 필요가 없다고도 한다. 그런데 다르게 보면 절망과 헛된 열정과 빗나간 길마저도 다 그 시기에 필요했던 감정의 소요라고 여겨진다. 불필요하고 부정할 만한 감정이나 시기는 없는 것 같다. 지나놓고 나서 후회도 하고 잊어버리고 싶은 기억마저도 그 사람이 지금 여기에 서 있기까지 꼭 필요했던 그림자라고 여겨진다.

단색의 보자기나 이불이 깔끔하고 세련되어 보이기도 하지만 기쁨과 슬픔이, 즐거움과 고통이 골고루 수 놓여 있는 조각들이 모여서 만들어진 조각이불이 어떻게 보면 촌스럽게 보일지 모르지만 더 아름답게 여겨지는 것처럼 우리의 삶도 버릴 것 하나 없이 다 그 시기의 감정과 발걸음의 무늬를 수놓은 물결처럼 조각조각 다른 무늬로 잇댄 조각이불 같은 것이 아닐까 싶다. 삶에서 필요 없었던 것은 하나도 없다는 생각에 이르게 된 것을 보면 나이가 들기는 들었구나 하는 생각이 절로 든다.

요즘 다시 읽고 있는 《태백산맥》을 보면서 이념이란 추상적인 관념의 그물에 수많은 사람들이 그리도 소중한 삶을 던지곤 했구나 하는 생각이 절로 든다. 목숨보다 더 소중하다고 여기던 사랑도 넘어서고 끈끈한 핏줄의 인연까지 넘어서는 이념이란 유기체는 인간의 삶을 너무나 깊게 흔들어 놓는다. 생존이 있은 다음, 필요에 의해 만들어졌던 이념이 생존까지 뒤흔들 정도로 삶 깊숙이 들어와 숨 쉬고 있는 것을 보면서 가해자가 누구인지는 분명하지 않지만 피해자는 분명한 시대를 살아야만 했던 불과 몇 십 년 전의 우리네 역사가 가슴 아프다.

크게 보면 우리 민족의 역사가, 작게 보면 한 개인으로서의 내 삶의 역사가 이렇게 여러 무늬로 수놓아져 있는 것을 보면서 옳고 그르고도 없고 좋고 나쁘고도 없는 것은 아닐까 생각해 본다. 물론 절대적 가치로 옳고 그름은 있을 수 있겠지만 시대와 상황이 요구하는 가치와 개인으로서 살아남아야 하기에 밟아야만 했던 감정의 변화와 절망과 희망은 다른 시대나 다른 가치에서 재단되어 부질없는 것으로 평가되고 해석될 수는 없다는 생각이다. 사람이 살아가는 데 있어서 부질없는 것은 없다. 허망해 보이는 이념도 다 소용없어 보이던 감정의 허물도 부질없는 것은 없다. 삶이란 바탕 위에서 다른 빛깔과 물결로 직조되는 무늬 중 하나인 것일 뿐이다.

목숨까지 바칠 정도의 사랑도, 그 사랑의 배신과 분노도, 핏줄을 총으로 쏘아버릴 정도의 투철한 이념도, 성공을 향해 달리다 쓰러짐과 다시 휘청거리며 일어섬도 삶의 여러 무늬 중 하나이다. 그런 것이다. 산다는 것은. 어느 하나 버릴 것 없고 또 버릴 수 없는 문양. 바로 그 와중에 우리는 서 있다. 그것을 어떻게 바라보느냐 또 어떻게 짜가느냐는 각자의 선택이고 몫이다.

생각의 씨를 뿌리며

겨울답지 않게 날씨가 포근하다. 하늘은 청명하고 바람도 잔잔하여 도저히 산에 오르지 않고서는 견딜 수가 없다. 가벼운 행장을 꾸려 산으로 향한다. 현관을 나서려고 하는데 막내가 같이 가면 안 되냐고 기쁘게도 동행하겠다고 해서 둘이서 늘 오르던 쉼터까지 오르기로 한다.

늘 오르는 길이지만 갈 때마다 새로운 기분, 새로운 느낌이 들어 정말 좋다. 만약 산이 좋아하는 사람이었다면 때로는 실망도 하고 때로는 힘겨워 돌아서기도 하였을 것이다. 그러나 산은 어떤 투정도 받아주고 어떤 막막함도 풀어주면서 사랑하는 사람보다도 늘 한결같이 나를 안아준다. 그런 산을 집에서 걸어갈 수 있다는 행복에 다른 불편함은 감수할 수 있을 것 같다. 얇은 등산 티셔츠를 입고 조끼를 걸치면 오르기에 딱 알맞다. 고어텍스나 점퍼를 걸치고 산에 오르는 사람들을 볼 때면 조금 덥지 않을까 하는 생각이 든다. 조금씩 오를수록 나뭇가지에 달린 잎들이다 떨어져 시야가 훤해진다. 뾰족하게 솟아 있는 우이암도 눈앞에 바짝 다가오고 오봉도 가볍게 뛰어갈 수 있을 정도로 가까이 느껴진다. 만장봉과 자운봉, 선인봉도 마음만 내키면 한숨에 내달을 수 있을 것 같이 여겨진다. 막상 거기까지 가려면 한나절을 보내야 될 정도이지만 이렇게 맑은 날에는 보이기에 가깝게 느껴진다.

세상일도 그렇겠지. 때로는 이렇게 실상은 먼데도 가깝게 여겨지는 것처럼, 쉬워 보이지만 어려운 일이 많은 것이 말이다. 사실보다 더 쉽게 여겨지는 일도 있을 테고 사실보다 더 어렵게 여겨지는 일도 있을 것이다. 날씨에 따라 산에 오르는 길이 이렇게 달리 여겨지는 것처럼 상황에 따라 사는 일도 실상과 상관없이 다르게 여겨지는 때가 많다.

자주 산에 가지도 않는데도 젊은 아이라 성큼성큼 저 앞을 걸어가고 있다. 나는 일주일에 서너 번은 가는데도 따라가기가 쉽지 않을 정도로 아이의 발걸음은 가볍다. 같이 간다고는 하나 각자 말없이 자기의 길을 가는 점에서는 따로 가는 것과 다를 바가 없다. 그래도 혼자 가는 것보다 괜히 든든하기도 하고 아들과 동행한다고 생각하니 기분이 좋다. 이렇게 좋은 길을 남편이 같이 동행하면 더 좋을 텐데 그 사람은 테니스 치는 것이 등산보다는 더 좋은지 테니스장으로 달려 나가 버렸다. 남편은 운동을 하는 데도 혼자 하는 종류보다 같이 하면서 재미를 느끼는 것이 더 좋은지 등산, 수영보다는 테니스, 탁구, 축구 같은 구기 종목을 더 좋아한다. 그에 반해 나는 팀으로 같이 하는 운동보다는 극기를 통해 땀을 흘리고 자신의 한계에 도전하는 등산이나 헬스 쪽이 더 맞는 듯하다. 그러다보니 각자 운동을 열심히 하는데도 서로 다른 곳에서 다른 운동을 하는 경우가 많다.

날씨가 맑아서 그런지 몸이 가벼워 보통 때보다 더 빨리 쉼터에 도착한다. 벤치에 앉아서 준비해 간 보이차를 마신다. 뜨거운 차 한 잔에 온몸이 따뜻해진다. 초콜릿 하나를 꺼내 입에 무니 달콤한 맛이 혀에 짜르르 퍼진다. 행복하다는 생각이 저절로 든다. 비록 산에서 내려가면 정리가 안 된 집과 불확실한 앞날이 발 앞에 기다리고 있지만 오늘 이 순간만은 건강한 몸과 마음으로 엄마와 아들이 같이 산에 오를 수 있고 게다가 따뜻한 차 한 잔까지 앞에 있으니 행복하지 않을 수 없다.

옆에서는 주식이 어떻고 해외여행을 언제 가니 하고 말이 많다. 서너 커플이 단체로 산에 올라온 모양인지 웃음보따리가 한 바탕이며 여행계획을 이야기하느라고 정신이 없다. 히말라야를 가느니 네팔을 가느니 하고 세계 높은 산봉우리는 다 짚고 넘어간다. 내년 1월이나 2월에 간다고 하는데 그 사람들은 한두 달 더 기다려야 그곳에 가지만 나는 그 말을 듣고 있는 이 순간 이미 마음은 그곳에 날아갔다. 눈을 감으니 온통 설산이 펼쳐진다. 높은 산에 지어진 네팔의 궁이 코앞에 있다. 고산병을 앓는지 숨이 약

간 가팔라지기도 한다. 우유를 탄 따뜻한 차를 마시면 고산병에
좋다는 말을 들은 기억이 나서 금방 그 차를 입에 가져다 대면서
마시기도 한다. 향긋한 차 향기가 코를 벌름거리게도 한다. 추워
서 자주 씻지 못하는 불편은 견딜 수 있을 것 같기도 하다. 그때,
"이제 내려가자, 엄마" 하는 소리에 그만 현실로 돌아오고 만다.
네팔에서 돌아오는 길은 빠르기도 하다. 순간 이동을 하여 쉼터
로 돌아와 다시 산에서 내려오기 시작한다. 언제쯤 어깨에 올려
놓은 짐을 내려놓고 가볍게 여행 한번 떠나 볼 수 있을까? 경제적
여유도 없지만 발목을 잡고 있는 현실이 답답하다.

갑자기 내려오는 산길이 허무해진다. 차라리 땀을 흘리느라고
아무 생각 없이 올라가던 길이 낫다고 여겨진다. 힘이 덜 드니 이
런저런 생각이 끼어들어 마음을 어지럽게 만든다. 어지러운 생각
끝에 자칫 넘어질 뻔한다. 발밑에 부러진 나뭇가지가 삐죽 걸려
있다. 아차 하는 순간이다. 정신을 바짝 차린다. 별거 아니다.
순간 다른 생각에 넘어질 수 있는 것이 오늘 내 앞에 펼쳐진 삶이
다. 스스로를 위로하고 격려한다. 오늘 아무런 탈 없이 이렇게 산
에 갔다 올 수 있는 작은 행복을 왜 네팔에 못 가는 큰 불행으로
바꾸려 하느냐고 스스로를 꾸짖는다. 바람 한 점 없는 이 겨울날
의 행복한 산행을 왜 어지러운 마음의 바람으로 휘저어 놓으려 그
러느냐고 야단친다. 다시 조용한 마음으로 가라앉히고 조심스레
발길을 옮긴다.

올라갈 때 성큼성큼 가던 아이가 내려올 때는 조심스럽게 발을 떼며 천천히 온다. 미끄러질 뻔했다고 하면서 내려오는 길이 훨씬 더 힘들다고 그런다. 아직 내려오는 데는 익숙하지 않은 나이이지. 내려오는 데는 아이보다 나이든 내가 더 익숙하다. 남이 보기에는 별거 아니지만 나는 오를 만큼 다 올랐기에 이제 내려가는 길밖에 남아 있지 않기에 그런 것일 거라고 생각한다. 나도 아이만 했을 때는 올라가야 할 길이 많이 남아있는지 알았다. 힘들다고 투덜대면서도 젊음의 힘으로 아무것도 모르니 용감하게 오르곤 했다. 그런데 이제는 슬슬 내려가는 길이 더 익숙해져버린다. 물론 내려가는 길에 무릎이 아플 때도 있어 힘겨워하는 사람이 많지만 그래도 힘은 덜 드는 법이다. 올라갈 때는 느슨하게 등산화를 신고 가도 되지만 내려올 때는 등산화 끈을 바싹 매야 하는 이치도 알 것 같다. 내려오는 길이 익숙하고 쉬워 보여도 자칫하면 삐끗할 수도 있으니 조심해야 한다는 뜻이다. 우리네 삶에서도 마찬가지라고 생각한다. 내려오는 나이에는 마음의 끈을 더 조이고 조심스레 내려와야 한다.

다 내려와 산 입구에 다다르니 채마밭은 김장거리를 다 뽑고 나서 휑하다. 내년 봄을 위하여 이랑을 파고 땅을 골라 놓은 곳이 여기저기 보인다. 한 해의 농사가 다 끝났지만 내년의 새로운 농사를 위하여 준비하는 것일 게다. 내 마음의 이랑도 다시 고르고 내년의 마음 농사를 잘 짓기 위하여 준비해야겠다는 생각을 한다. 늘 같은 산이지만 갈 때마다 이렇게 새로운 생각의 씨 하나 뿌리고 돌아온다.

저것은 벽

어쩔 수 없는 벽이라고 우리가 느낄 때

그때

담쟁이는 말없이 그 벽을 오른다.

물 한 방울 없고 씨앗 한 톨 살아남을 수 없는

저것은 절망의 벽이라고 말할 때

담쟁이는 서두르지 않고 앞으로 나아간다.

한 뼘이라도 꼭 여럿이 함께 손을 잡고 올라간다.

푸르게 절망을 다 덮을 때까지

바로 그 절망을 잡고 놓지 않는다.

저것은 넘을 수 없는 벽이라고 고개를 떨구고 있을 때

담쟁이 잎 하나는 담쟁이 잎 수천 개를 이끌고

결국 그 벽을 넘는다.

— 도종환 〈담쟁이〉

심리테스트를 하며 나를 보다

먼 여행길을 떠났을 때 당신과 함께 하는 동물이 사자, 원숭이, 양, 소, 말이라고 하자. 그 동물과 더불어 길을 가는데 당신이 위기에 처해서 그들을 버려야 한다고 가정했을 때 버리는 동물의 순서에 따라 당사자의 심리를 알 수 있다는 심리테스트를 본 적이 있다.

나라면 잘 알지 못하는 먼 길을 가는데 이들 중 버려야 한다면 우선 사자를 버리고 싶다. 크기도 커 쉽게 건사하지도 못할 뿐더러 사자 자체가 먹어치워야 하는 음식도 상당하고 그러다가 오히려 내가 잡아먹히는 일이 생기지 않을까 싶어서이다.

그 다음에 버려야 한다면 양이다. 양은 내가 먹어치우지도 못하고 나를 제대로 보호해 주지도 못할 것 같기 때문이다.

다음으로는 소이다. 정 급하면 잡아먹을 수도 있을 것 같아 데리고 다닐 생각이었으나 풀도 없는 사막이고 소의 먹이도 없는 상황이라면 불쌍해서 그 눈을 쳐다보지 못할 것이기 때문이다.

그 다음으로는 원숭이다. 원숭이는 사람과 비슷해서 위기에 처하면 피할 줄 알 것 같아 내가 위기에 처하는 상황에서 따라 하면 도움이 될 것 같기도 하고 바나나 망고 등 과일을 따서 나누어 먹기도 할 수 있을 것 같고 조금의 감정교류도 가능할 것 같아 심리안정에도 도움이 될 것 같기 때문이다.

마지막으로 버려야 한다면 말이다. 잡아먹을 수도 없고 순하지도 않은 것이지만 위기에 처한 상황에서 타고 도망갈 수 있어서라는 이유가 가장 합당할 것 같다. 말이 가는 방향이 내가 가고자 하는 방향과 일치하지 않는 경우도 있겠지만 고삐를 잘 잡고 있노라면 그래도 혼자 걸어가는 것보다야 훨씬 빨리 도달하게 해주는 것이라고 믿기에.

나중에 풀이를 보니 사자가 뜻하는 것은 '자존심'이란다. 그래. 자존심은 건사하기가 쉽지 못 할 뿐더러 잘못 다스리다가는 자존심 자체가 나를 먹어치울 수도 있겠구나 하는 해석을 한다.

양이 뜻하는 것은 '친구'란다. 친구를 쉽게 내 편으로 만들지도 못하고 쉽게 친구 편이 되어주지도 못하는 내 성격이 그대로 드러난 듯싶다.

소가 뜻하는 것은 '욕망'이란다. 욕망은 내 먹이가 쉽게 되어주지도 않으면서 손에 잡힐 듯 나를 유혹하기 쉽다. 그러면서도 나의 욕망을 똑바로 쳐다보기가 불쌍할지도 모른다는 해석을 한다.

원숭이가 뜻하는 바는 '자녀'란다. 서로 감정교류를 원하고 가능하다고 희망하지만 늘 내가 원하는 시기와 그가 원하는 시기가 일치하지 않을 수도 있지만 그래도 서로에게 도움이 되리라고 헛된 믿음을 가지는 대상이라는 점에서 어느 정도 맞지 않을까 생각한다.

마지막으로 말은 '열정'을 뜻한단다. 내가 살아가면서 끝까지 놓지 않으려고 발버둥치는 그 무엇이 '열정'인가 하는 생각을 하게 된다. 위기에 처했을 때 무엇보다 가장 먼저 자존심을 버리고, 딱하게 그 다음은 친구를 버리고, 욕망을 버리고, 심지어 자식까지 버리고 나서도 잡고 있는 것이 '열정'이구나. 하기야 살아가는데 살아가려는 열정을 버린다면 자존심과 친구와 욕망과 자식이 도대체 무슨 소용이 있으랴 하는 생각이 들기도 한다. 무의식 속에 숨어 있던 방향을 잘 모르는 내 '열정'을 문득 봐 버린 듯하다.

내 삶에서의 여행도 이와 크게 다르지 않으리라 싶다. 살아가면서 끼고 가야 할 것도 있겠지만 버려야 할 것도 많을 것이다. 내가 살아남기 위해서 순차적으로 버려야 한다면 헛된 자존심을 버릴 것이며, 다스리지 못할 욕망을 버릴 것이며, 소중한 친구와 자식을 버릴 수는 없겠지만 내 배낭 속에서 가능한 나중까지 끼고 있을 것이나 내 것이라는 소유의식 없이 그들이 자유롭게 되길 원하는 바로 그 순간 놓아줄 것이다. 버리는 것이 아니라. 그러나 살아 있는 한, 살아가려고 애쓰는 내 '열정'은 마지막까지 놓지 않고 꼭 쥐고 있으리라. 치열하면서도 느긋하게, 엄격하면서 관대하게 나를 다스리면서 내 '열정'을 불태우리라. 그것이 바로 내가 진짜로 살아가는 것이라 믿기에. 그대들은 어떻게 할 것인지 궁금하다.

조그만 창문, 금 간 벽과 할머니의 이마 주름 그리고 어깨에 붙인 파스까지···.
온전히 버텨내야 하는 삶의 끈을 보여주다.

지금 내가 잡고 있는 삶의 끈은 무엇이며 어디에 있는가?

이번 봄의 선물

봄바람이 나서 봄 여행을 다녀왔다. 얼마 전 통영음악제를 한다는 신문기사를 보고 꼭 한번 다녀오고 싶었다. 그러나 내게 주어진 일이 그 주말에 서울을 떠나 향기로운 음악에 묻혀 지내게 해주지 않았다. 할 수 없이 음악회가 끝난 4월 초에 무조건 통영으로 향했다. 차를 타고 가는 통영은 만만찮게 멀었다. 휴게소에 들른 시간까지 포함해서 4시간 반이나 걸려 도착한 통영은 예향답게 푸르른 바다와 자그맣게 여기저기 떠 있는 섬이 한국의 나폴리라는 이름에 걸맞게 아름다웠다. 충무공의 유적과 기념할 만한 곳이 여러 곳 있었지만 학교 다닐 때 수학여행 답사한 것으로 대신하고 이번에는 그곳을 비켜가 문화여행으로 규정짓기로 했다.

제일 먼저 들러본 곳은 전혁림 미술관이다. 2003년 5월 11일 개관한 미술관으로 봉평동 189-2에 자리 잡고 있다. 입구에 들어서는 길목에 화사한 벚꽃이 만개해 손짓하고 건물외벽이 전 화백의 그림을 타일로 장식하여 지중해 어느 골목에 있는 듯한 기분이 들게 한다. 푸른 바다를 늘 가슴에 담고 산 예술가의 혼이 강렬한 색감으로 작품 속에 녹아난 것인지 푸르름이 온 벽에 가득하다. 구상과 추상의 중간지대의 화풍을 구사한다는 평을 받는 작가답게 전시되어 있는 작품은 독자적인 세계를 여지없이 보여준다. 3층으로 이루어져 있는 전시관은 어느 구석 하나 빈틈없이 예술적인 분위기를 선사한다. 계단과 마주하는 벽 구석에도 숨어 있는 타일과 색칠된 테두리 그리고 이어져 있는 선과 엇갈리는 배치 등이 눈을 즐겁게 해준다. 3층에는 전 화백의 아들인 전영준 화백의 그림이 전시되어 있다. 아버지와 아들의 그림을 잇는 보이지 않는 세계를 느낄 수 있다. 큰 산 아래 큰 나무가 자라기 힘들다는 말이 있고 큰 산이 주는 무게 때문에 힘들 수도 있겠지만 큰 산이 주는 그림자 덕분에 넉넉함이 있을 수도 있다. 같으면서도 다른 그림을 보면서 그림으로 자신을 표현할 수 있는 사람들의 고독과 행복을 동시에 맛볼 수 있었다. 월, 화요일은 휴관이라니 참고로 해야 할 듯.

두 번째로 들러본 곳은 박경리 기념관이다. 산양읍 1429-9에 자리 잡고 있는 박경리 문학 기념관은 박경리의 작품세계를 다시 짚어볼 수 있다. 여류작가란 말이 필요 없게 된 것이 바로 박경리 덕분이 아닐까 싶을 정도로 큰 스케일과 심도 있는 사회적 이슈를 주제로 삼아 작품세계를 펼쳤다. 인간에게 주어진 질곡과 험난한 삶의 여정이 작가에게는 얼마나 커다란 우물이 되어 한없이 길어 올릴 수 있는 세계가 되는지 박경리는 보여준다. 온몸으로 문학을 살아내고 인간에 대한 연민, 존엄이 작품의 근간을 이루며 '왜'라는 삶의 질문에 문학작품으로 대답하려고 작품 속에서 갈등과 운명에의 모순에 대항해 싸우는 인간의 삶을 구체적으로 묘사해나간 박경리의 작품을 다시 한 번 떠올릴 수 있다. 큰 나무 한 그루를 잃어버린 듯한 허전함이 밀려오는 것을 막을 수 없다. 민주 시인인 사위, 김지하에 대한 언급이 없어 더 홀가분하다는 느낌은 지나치게 주관적일까? 온전하게 박경리만 보고 느끼고 싶었기 때문이 아니었을까 싶다. "버리고 갈 것만 남아 참 홀가분하다"는 말이 여전히 귓가에 맴돈다. 아직 내게는 버리지 못할 것이 많이 남아 있다고 생각해서 그런 게 아닐까? 월요일은 휴관이다.

그 다음으로 들러본 곳은 청마문학관. 정량동 망일 1길에 자리 잡고 있다. 청마 유치환이라고 하면 제일 먼저 떠오른 시가 〈행복〉이리라.

사랑하는 것은
사랑을 받느니보다 행복하나니라
오늘도 나는 너에게 편지를 쓰나니
그리운 이여 그러면 안녕
설령 이것이 이 세상 마지막 인사가 될지라도
사랑하였으므로 나는 진정 행복하였네라
— 유치환 〈행복〉 중에서

283

녹슨 청춘의 빗장을 열고 보면 어느 누구 한두 번쯤 가슴 아리는 사랑을 해보지 않은 사람이 있으랴. 그때 이 시를 한두 번 읽어보지 않은 사람은 없으리라. 이렇게 절절한 연시를 썼던 유치환은 〈파도〉나 〈깃발〉 같은 시에서 힘찬 남성적 어조로 노래하기도 한다. 청마의 생애와 작품 세계 발자취를 구분하여 전시하고 유품과 문헌자료도 함께 전시하며 생가도 전시관 뒤편에 복원해 놓았다. 작가의 생가를 보니 어린 시절이 다른 작가들에 비해 유복했다는 생각이 들었고 후일 교육자로서 몸담았던 경력과 더불어 떠오른 생각은 그래서 이 작가의 시에는 한이 담겨져 있지는 않구나 하는 것이었다. 작가의 삶이 어떤 형식이든지 작품 속에 녹아나오기 마련이므로 본질적인 애수나 생명의 본성추구를 엿볼 수는 있으나 한이나 서러움을 느낄 수 없는 것은 바로 이 때문이 아닐까 싶은 생각이 뒤미처 떠오른다. 그의 친일 행적을 문제 삼는 사람도 있긴 하나 그에 대한 언급은 전혀 없다. 한 시대를 풍미했던 시인의 발자취를 따라 밟아보며 이영도 시조시인이 따라 떠오른다. 20여 년에 걸쳐 연서를 받은 시인의 마음도 따라가 보고 싶다는 생각이 든다. 사랑을 받은 시인보다 사랑을 한 시인이 진정 행복했을 테지 하고 혼자 중얼거려 보면서 말이다. 월요일은 휴관이다.

통영에서 전시관을 둘러보려면 월요일은 피하는 것이 좋을 듯싶다. 휴관을 하는 곳이 많으니까. 윤이상 거리도 걸어보고 김춘

수의 〈꽃〉도 읊으며 유품관도 보면서 다음으로 향한 곳은 동피랑 마을 골목. 벽화로 전국에 이름난 곳이다. 좁은 골목 굽이굽이 벽화로 단장을 한 곳이다. 주민들이 사는 곳이기에 조용하라는 부탁말씀이 곳곳에 붙어져 있지만 벽화를 구경하고자 하는 이들의 발걸음에 다소 불편함은 감수하고 살아야 할 듯. 하늘과 커다란 꽃 그리고 물고기들이 원색으로 살아 숨 쉬는 듯이 하늘거리는 벽 사이사이로 푸른 바다는 넘실대고 멀리서 대중목욕탕의 기둥이 높이 솟아 있어 사람 사는 곳임을 확실하게 느끼게 해준다. 어떻게 보면 달동네에 지나지 않을 곳인데 벽화로 말미암아 예술촌으로 거듭난 듯하며 동화 속에 잠시나마 들어온 느낌이 들게 한다. 발상의 전환이 골목을 살게 해 준 것이 아닐까 싶다.

마지막으로 계절음식인 봄도다리 쑥국을 빼놓고 통영여행을 이야기할 수 없다. 담백한 도다리와 향긋한 쑥을 넣어 깔끔한 맛을 낸 도다리 쑥국. 봄 한철만 맛볼 수 있다는 이 별미를 놓치고는 봄 통영여행은 헛일일 게다. 싱싱한 도다리가 우선일 것이고 부드럽고 향기로운 쑥이 뒷받침되어야 하는 국물은 혀와 코를 즐겁게 한다. 아마 이 맛으로 이번 여름은 견디어 내기 한결 쉽지 않을까 싶다. 눈으로보다 입으로 기억하는 것이 더 오래간다는 말처럼 매년 봄에 이 맛을 다시 느끼기 위해 통영여행은 필수가 되지 않을까 하는 생각이 든다. 멸치무침도 새콤달콤한 맛과 싱싱한 멸치의 식감이 아직까지 혀에 남아 있는 듯 고소하다. 지금까지는 눈과 머리가 즐거웠다면 이제 쑥국과 멸치무침으로 혀와 코가 즐거운 시간이다. 어떤 것이 더 낫다고 할 수 없을 정도로 맛있는 음식이 주는 행복이 상당하다. 여객터미널 근처에 있는 조그만 식당가에서 큰 즐거움을 맛보다. 통영을 떠나면서 포장으로 사 온 충무김밥은 휴게소에서 점심저녁을 대신한 또 다른 즐거움을 선사한다. 서울에서 맛본 충무김밥과 조금 맛이 다른 것은 맛에서 차이가 나는 것이 아니라 직접 통영에 갔다는 몸이 기억하는 맛이라서 그런 게 아닐까 싶다.

    짧게 다녀왔지만 길게 기억에 남을 이번 통영 여행은, 올봄에 사회적 이슈가 되고 있는 방사능 문제, 황사 문제 그리고 신변에 복잡하게 엉키어 있는 잡사에서 잠시나마 해방시켜 준 선물이다.

위험한 상황에서 피난의 수단이 원래의 목적이긴 하지만

이 계단이 사용되는 일이 없을수록 더 좋은 일이다.

어떤 것은 존재하긴 하나 사용되지 않아야 더 행복한 것도 있는 법이다.

머묾과 떠남 그리고 돌아옴

무리수를 두기로 했다. 애초에 가능하지 않음을 알면서도 꽉 짜여진 일상에서 벗어나고 싶었기에 조금은 무리라는 것을 알면서도 과감하게 떠나기로 했다. 역시 나처럼 옴짝달싹 할 수 없는 상황에 놓여 있는 친구를 같이 가자고 막무가내로 우겨서 같이 숨쉬는 것이 절실하게 필요하다는 명분으로 훌쩍 비행기를 타고 날아간 곳은 일본의 혼슈 북쪽에 위치해 있는 고마츠. 아주 조그만 소도시이지만 일본의 북 알프스를 맛본다는 기분에 행선지를 그곳으로 정했다.

산악지역이라서 추울지 모르니 겨울 파카를 준비하라는 안내를 듣고 겨울 윈드스토퍼를 준비하고 우산까지 준비했지만 다행히 날씨는 좀처럼 보기 어렵다는 다테야마 연봉을 선명하게 볼 수 있을 정도로 좋았다. 섬세하고 예쁜 공예품을 볼 수 있는 민예관이나 전시관을 거쳐 설벽으로 유명한 알펜루트에 도착하였다. 해발 3천 미터 위에는 4월 17일에야 개장한다는 도로 양편에 높이

15미터 정도의 눈이 쌍벽을 이루고 있었다. 버스, 케이블카, 열차, 도보 등을 번갈아 가며 장관을 보는데 스케일이나 정갈함에는 할 말을 잃는다. 4월부터 10월까지 개장하고 그 나머지는 눈 때문에 관광코스를 닫을 정도로 눈의 나라였다. 가와바타 야스나리의 《설국》의 첫머리가 저절로 떠오를 정도였다. 눈 덮인 적요한 온천장에서 끊을 수 없는 인연을 이어가는 서러움의 밀도를 실감나게 느낄 수 있었다. 막연하게 머릿속으로 떠올리던 소설 속 정경이 다다미가 깔린 온천장에 짐을 푸는 순간 일체가 되는 느낌을 받을 수 있었다. 모든 것을 잊고 떠나는 기분으로 비행기를 탔지만 막상 눈 속에서 소설 속 인연을 생각하며 결국은 또 다른 인연의 그물망을 떠올리는 것을 보면서 시공간의 이동이 결코 그 그물망을 벗어나게 하는 것은 아님을 절감한다.

쿠로베 협곡은 좁은 계곡을 따라 열차로 이동하는데 한 시간 정도를 간이 열차(좌석과 지붕만 있고 창문과 문이 없는)로 달린다. 깊고 좁은 계곡에는 비취빛 물이 가득하고 연두의 향연이 벌어지고 있었다. 겹사쿠라 꽃이 바람에 이리저리 휘날리고 층층이 연두와 초록의 색깔이 파스텔로 줄을 그어 놓은 듯 그야말로 봄의 잔치를 벌이는 듯하다. 머리에 눈 덮인 산봉우리에는 무지개가 빛나고 아래에는 푸르다 못해 짙은 녹색의 계곡물이 빨간 다리 아래 기운차게 흘러간다. 갑자기 우리나라에 이런 곳이 있다면 관광자원으로 활용할 수 있을 텐데 하는 아쉬움이 밀려온다. 중국처럼 거대한 자연이 버티고 있는 것도 아니고 일본처럼 예쁘고 섬세하고 정갈한 자원이 있는 것도 아니어서 괜히 안쓰럽다는 생각이 스치고 지나간다. 그래도 이 두 나라 사이에서 꿋꿋하게 버티고 있을 수 있는 것은 인적자원 덕분이라는 생각이 드니 어떻게 보면 오히려 대견하고 고맙다는 생각도 든다.

일본 전통마을인 합장촌에 오니 한국에 비교하면 정선 오지마을 정도라 할 수 있을 것 같다. 오래된 마을 형태를 그대로 보존하고 있는데 정갈하고 아름답다는 생각에 부러움이 가득하다. 이런 마을에서 거닐다 보면 하이쿠는 저절로 한두 구절 흘러나오지 않을까 하는 생각도 들고. 경치의 아름다움이야 타고난 조건에 따르는 것이지만 배수로의 깔끔한 관리와 편리와 보존의 양 날개를 균형 있게 잘 다룬다는 면에서 배울 점이라는 생각도 들고. 한 가지 이상하다면 이상한 것은 도무지 거리에서 거니는 사람을 볼 수 없다는 점이다. 한국의 곳곳에는 걸어 다니는 사람들로 넘쳐나 부딪치기도 하고 소리 높여 이야기하는 모습도 보이는데 줄지어 서 있는 민가도 보이고 오래된 이층 건물 창가에 예쁘게 키운 꽃도 보이는데 도무지 사람의 얼굴을 볼 수 없다는 점이 다르게 느껴진다. 도대체 사람들은 어디로 간 것일까 아니면 집안에서 무엇을 하기에 밖으로 나오지 않는 것일까 하는 의문이 든다.

저녁에 호텔에 도착하니 다다미 여섯 장의 방으로 안내한다. 유카타로 갈아입고 녹차를 마시며 창밖을 바라보니 어슴푸레한 저녁 땅거미가 내려앉는다. 멀리서 호수가 보이는 창가에 앉아 유카타를 입고 차를 마시는 나는 무엇을 찾아 여기까지 헤매고 왔을까? 일상에서의 탈피를 위해? 나 자신 속에 가라앉은 그 무엇을 건져내기 위해? 더욱 힘내서 일상에 충실하기 위한 재충전의 기회로 삼기 위해? 그 모든 것의 종합인지 모르겠다. 아무 생각도 없이 그냥 하염없이 앉아 있어 본다. 마치 다른 행성에서 떨어져 나온 외계인 같이 말도 통하지 않는 일본의 어느 작은 시골마을에서 저녁을 보내본다. 작은 그릇에 조금씩 담겨 있는 심심하고 정갈한 저녁상을 받아들고 얌전히 소리 내지 않고 식사를 한다. 아무도 모르는 이곳에서 일본남자와 살아보아도 좋을 것 같다는 엉뚱한 생각도 잠시 해본다. 짚 냄새가 나는 다다미방에서 요를 깔고 누워 어쩌다 이렇게 떠나보는 것도 참 좋다는 생각을 한다. 호수에 치는 물결소리를 들으며 창밖으로 떨어지는 사쿠라의 꽃잎을 보면서 바로 이런 느낌을 갖기 위해 무작정 나는 살던 곳을 떠나왔구나 하는 생각을 한다.

사흘 밤을 보내고 나니 떠나온 곳이 벌써 그리워지고 돌아갈 곳이 있기에 떠남이 기다려지는 것일 게다. 돌아가 봐도 별 수 없지만 그래도 돌아갈 곳이 있기에 이렇게 떠나고 싶어지는 마음이 들 수 있구나 하는 생각에 돌아감도 떠남도 다 좋다고 여긴다. 사흘 동안은 가족도 잊고 온전히 나 자신만 생각하고 보냈기에 돌아가서는 생기 있게 그들에게 잘해줄 수 있겠지 하는 마음이다. 돌아가려고 생각하니 갑자기 윤대녕의 소설이 떠오른다. 윤대녕 소설의 주 모티브는 떠도는 남자와 여자의 허허로움이다. 정착하지 못하고 떠도는 영혼의 아픔과 쓸쓸함에 대한 그리고 만남과 헤어짐에 대한 혼잣말이 그의 소설이다. 살짝 뿌린 비로 젖은 일본 시골마을의 골목을 돌아 나오며 그의 소설에 나오는 주인공을 떠올리는 것은 결코 지나침이 아니리라. 맺어질 수 없는 사랑에 집착하고 돌아설 수밖에 없는 운명에 대해 속울음 하는 윤대녕의 소설이 갑자기 떠오른 것은 아마 일본이라는 낯선 객창감 때문이 아니었을까 하고 변명해 본다.

인천 공항에 도착하니 흐린 하늘에 비가 쏟아지고 바람이 세차다. 며칠간 맑은 하늘에 하얀 눈 덮인 산과 적요한 다다미방에서 머물렀던 게 꿈만 같다.

오늘이 있기에 내일이 있고, 현실이 있기에 꿈이 아름다운 것이라 여긴다.

권인옥 에세이

비늘

삶의 무늬가 아로새겨진
은빛 날개

사진·김승현

영화 속에 반짝이는 비늘 상처 없는 사랑은 없다

책갈피 속에 숨어 있는 비늘
거울을 들고 길을 떠나는 사람을 따라가다

일상에서 건져 올린 비늘 투명하게 깨어 있으리라

누군가의 '아내', '어머니', '며느리'로 타자화되어 자신의 속내
를 좀체 드러내지 않는 중년 여성의 삶은 어떤 것일까? 이 책은
삶의 한가운데에 선 여성인 지은이가 영화, 책, 일상에 대한 단
상을 적은 수필집이며, 가부장제 사회에서도 스스로의 빛을 잃
지 않으려는 여성의 기록이라고 할 수 있다. 자신만의 시선을
통해 세상을 읽고 추억을 담으며, 그 추억이 나이테처럼 쌓여가
는 일상의 행복. 지은이는 이 추억의 나이테를 자신의 삶을 빛
나게 하는 '비늘'이라고 부른다. 344면 | 15,000원

나남
nanam □ Tel:031)955−4601
www.nanam.net